これが生活なのかしらん

小原晩

大和書房

これが生活なのかしらん

これが生活なのかしらん
たずねたくなるときがある
なんべんフォークをまわしても
巻きあがらないパスタをみつめて

これが生活なのかしらん
うたがいたくなる朝がある
ひとりで味わうアイスコーヒー
禿げた夫は死んでしまって

これが生活なのかしらん
わらいだしたい雨がある
両手いっぱいに買いもの袋を提げた
スーパーマーケットの帰り道で

これが生活なのかしらん
かたりたくなる酒がある
むつかしい　むつかしいよと
ままならないまま大人になって

これが生活なのかしらん
ふっとひらけた場所にでる
生きていること
ほのおかしくて

目次

実家暮らし

寮暮らし

ふたり暮らし

ひとり暮らし

ひとり暮らし

ソファーとテーブルとポールハンガー

ひとり暮らしをはじめてすぐのこと。

家の近所を散歩しているときに入った家具屋で、ふたりがけのソファーを買った。ちいさな傷がついているから安く売り出されていたそれはエメラルドグリーンで、狭い部屋をより狭くみせたけれど、しんとさみしい部屋にあたたかい安心をくれた。

つぎにおおきな家具を買ったのは、それから二年が過ぎた、秋うらら。

その頃、私の部屋によくいた男の子と、またもや近所を散歩しているときに入った家具屋で見つけたおおきなテーブルで、それはやっぱり傷がついているから安くなっていたのだった。

店員さんに買う旨を伝えると、送料が七千円かかると言う。

た、たかい、と安月給の私が一瞬固まったのを見逃さなかった店員さんは、一応、という感じでこう言った。

「台車なら、お貸しできます」

「ええ、台車ですか」

「はい、台車です」

「台車だって。ねえ、どうする」

私は横でむんと腕を組んでいる男の子に問いかけた。

「いけるんじゃないかな、きっと。今日は晴れているし」

「そうか。じゃあ、お願いします」

私たちはおおきなテーブルをどかんと台車にのせて、ごろごろごろごろ音を鳴らしながら、人混みの下北沢をぬけ、ステーキ屋の横を通り過ぎ、中学校の角を曲がり、転げ落ちそうになりながらゆっくりと坂をくだり、汗ばんで、細い坂を必死で上がり、最後はうっうっと力みながら、ふたりで持ち上げ、階段をのぼって、三〇四号室へむかえいれた。

その年のクリスマスは、おおきなテーブルいっぱいにピザやチキン、ローストビーフ、マッシュポテト、ジェノベーゼのパスタ、蟹炒飯、青椒肉絲、棒餃子、水餃子、豆苗炒め、海老フライ、薄いとんかつ、サンタさんがのっているケーキなど思いつく限りのごちそうを並べた。

勝手にやってきた家具というのもあった。

その夜、とくに喋ることもないともだちと私はなぜかのみにいって、あんまり喋ることがないものだから、ふたりしてお酒ばかりをぐいぐいのんで、うっかり終電を逃し、仕方がないから、そのともだちも私の部屋で眠ることになった。

アパートの下につくと、ご自由にどうぞ、と張り紙のあるポールハンガー（コートとか、鞄とか、帽子とかをかけるあれ）があった。

酩酊したともだちは「あははこれいいじゃない、あはは、あはは」と言って、その安っぽいポールハンガーをひょいと持ち上げて階段をのぼりはじめた。「いらないよ、それいらない」と私が何度言っても聞く耳を持たない。ともだちは、部屋に入って、とんっとそれを置き、「あはは、あはは」と言いながら床にべたんと張りついて眠った。

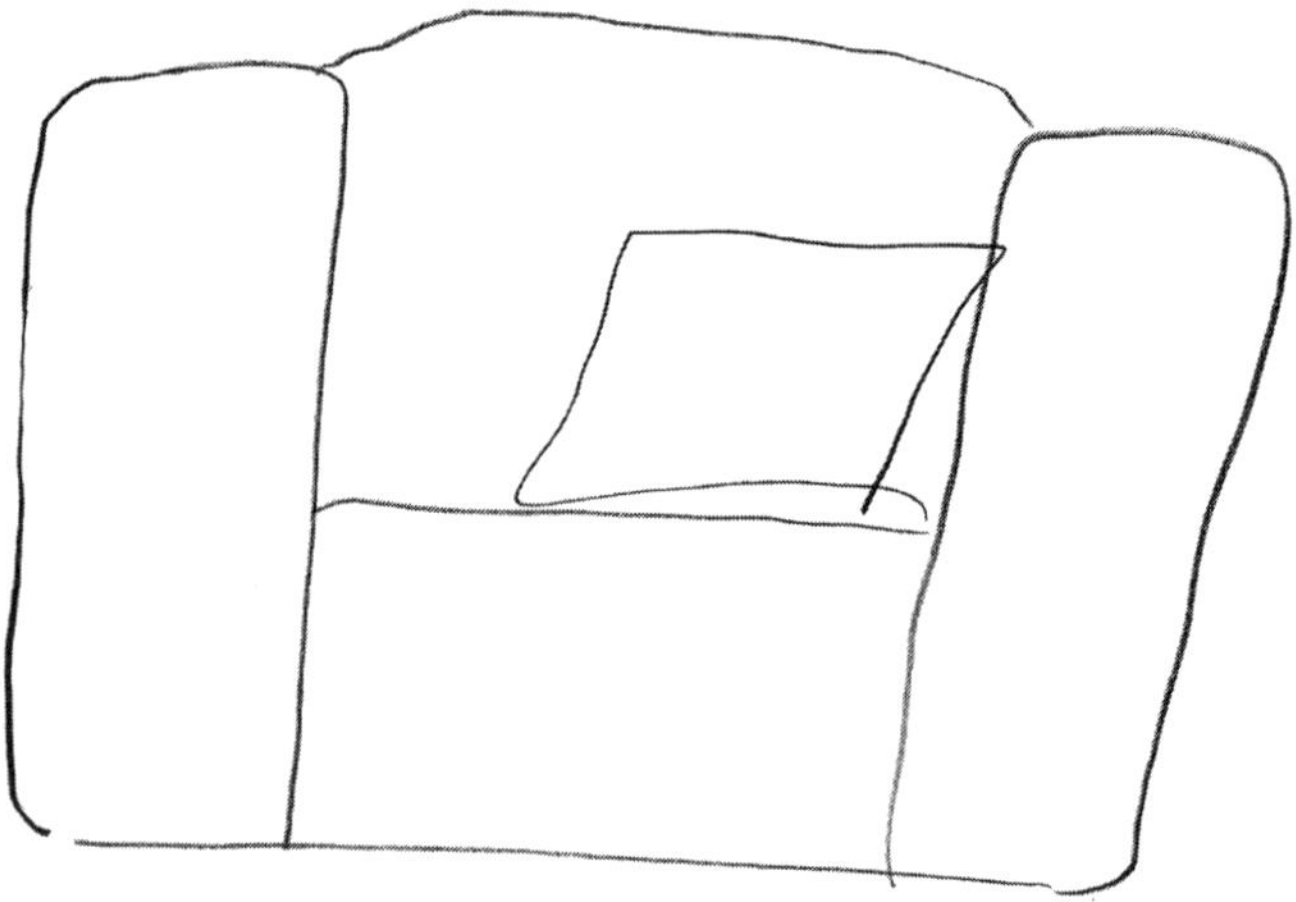

ソファーとテーブルとポールハンガー

洗濯と半泣き

ひさしぶりの休日に、たまった洗濯ものを回した。夏の夕暮れのことである。

私の住んでいるアパートは洗濯機を置く場所のないかわりに共同のランドリースペースがある。

そろそろ洗い終わったかしら、と三階の部屋から一階のランドリースペースへ降りて行くと、ぎょっとした。

地べたに、びしょびしょにぬれたTシャツや、バスタオル、枕カバー、下着などが散らばっているのだ。すべて、さきほど洗濯機に入れた、私のものである。

私は鳥肌を全身にたてながら、くるっくるっとまわりを見渡した。

それから洗濯機のふたを開けてみて、空になっているのを確認し、くずれ落ちそうになる膝をぐっとこらえた。

いったいなにが起こったのか。だれの仕業なのか。どういう意図なのか。意味はあるのか。さっぱりわからなかった。そのわからなさが、より恐怖をあおるのだった。

このまま地べたに自分のものを放置しておくわけにもいかないので、私は自分の部屋に戻り、ゴミ袋をとってきて、びしょびしょの布たちを拾い上げ、半泣きでゴミ袋に入れていった。それからゴミ捨て場に置いた。とてもじゃないけれど、一度あんなふうになった洋服や下着を身につける気にはなれない。

私は部屋に戻り、いったいぜんたいどういうことなのか考えようとしたけれど、私の回した洗濯機を蹴りつけ、停止ボタンを押し、かぱりと白いふたを開けて、水でずっしり重くなった布たちをおっこら持ちあげ、地べたにびちゃ、びちゃと音をたてて捨てていく人間の後ろ姿を想像すると、だんだんと息苦しくなってきたのでそれ以上考えるのはやめた。

それからというもの、歩いて十分のところにあるコインランドリーを使うようになった。けれどコインランドリーに通うのはとてもおっくうなので、五回くらい通ったあたりで、さすがにもうだいじょうぶじゃないか、あれは神さまのいじわる的な、そういう類のものだったのじゃないか、そう言い聞かせるようになって、私は性懲りも無く、またアパートの洗濯機を使った。

洗濯のおわるころ、おそるおそる下へ降りると、ふつうに洗い終わっていた。ほっ。きれいに洗われた布たちを乾燥機にうつし、またおわるころに降りて行くと、きちんと乾いていた。


さて、そのあと五回ほど私の洗濯ものは、地べたにばら撒かれた。そのたびに、洋服や下着やタオルを捨てたので部屋からはどんどんものがなくなった。


ああ、他人の洗濯物をばら撒くほどの、悲しさ、怒り、パニックとはどんなものだろう。私はいつも半泣きでこそあったものの、ばら撒かれるたびに、その人間の狂気について、ふわふわと考えた。

どんな狂気も、他人事ではない。おなじアパートに住む、おなじような生活水準の人間のやったことなのだから、なおさらである。

なにをそんなに狂うことがあるのかとは思うけれども、それは自分が狂っていないかから、そんなに悠長なことを思えるのだ。

狂気は、とうに私たちのなかで眠っているのだから、いつ自分が他人の洗濯ものをばら撒くようになるかわからない。きっかけひとつで、すべてがひっくり返ってしまうことを、私たちはよく知っているはずだ。

ということはつまり、と私は考える。

社会というつかみきれない、だれのためにあるのだかわからない怪物を、うらめしやうらめしやと呪ってみるのであった。

自炊風景

赤ん坊の二の腕のようにふっくらまあるい塩バターパンの真ん中に適当な果物ナイフですりすりと切り込みを入れる。それをトースターですこし焼き、表面がほどよくこんがりしてきたら取り出す。ほかほかの塩バターパンから、わた毛が舞うように頼りなく、ふわっふわっとバターの甘いにおいがする。そこに冷蔵庫から取り出したつめたい生ハムをちんまり詰めて、モッツァレラチーズをはさみ、あればクレソンを入れる。その上に細い線を引くようにオリーブオイルを垂らす。適当な皿の上にのせて、黒胡椒をガリガリ挽けば完成である。

まずはアイスコーヒーをひと口のんでから、食べるのが良い。パンの表面がパリと割れる音がして、クレソンはしゃくしゃく愉しく鳴って、苦い。生ハムと塩バターパンはどちらも塩っ気があり、味の奥ではほの甘い。そこにモッツァレラチーズのみっちりとした食感がプラスされて、たまの贅沢にはぴったりだ。

一ヶ月に一回くらい、こういうものをつくって、食べる。安くなっているパンや、惣菜や、肉や魚や野菜を見て、あっ、と思いつき、買い物かごに放り込んでは、せっせとキッチンでつくってみるのだ。思いつきだからうまくいくときもあるし、うまくいかないときもある。うまくいって、おいしいものがつくれたときは心が躍る。

その日が晴れの日であれば、これでもかというほど直射日光にあてて、写真に写す。陽にあたった写真はどれも入園式の幼稚園生のようにピカピカで、しゃんと背筋が伸びている。見返してみるとじぶんの生活とはかけ離れているように感じてふしぎ。じぶんでつくって、じぶんで撮って、じぶんで食べたのに。

普段はどんなものをつくり、食べているのかというと、ひとつ三十円もしない冷凍うどんを茹でて、四倍濃縮の麺つゆをかけ、卵の黄身を落とし、電子レンジでチンしたほうれん草をのせて食べるほうれん草のぶっかけうどんや、冷蔵庫に余っている野菜を適当にザクザク切って胡麻油で炒めたものをサッポロ一番塩らーめんにのせたものや、白米に卵黄と白だし、味の素を入れてよく混ぜ、その上に青葱、白髪葱、大葉、みょうが、生姜などの薬味セットをガサっとのせてブワとかきこむ卵かけ薬味丼を食べている。

お酒をおぼえる、わさびとふれあう

缶ビールを二本、缶ハイボールを二本、ハーゲンダッツを二つ入れたレジ袋をさげて、彼は週に一回、うちにやってくる。

私はつたない手料理をつくって待っている。

ピンポンが鳴り、ドアを開けると、照れたような申し訳ないような顔をして「おつかれさま」と彼は言う。どうぞどうぞ、と中に入れると、「いや、はや、暑いね」とかそういうようなことを言いながら、彼はキッチンに備え付けてある正方形のちいさな冷蔵庫に持ってきたものを入れてゆく。

グラスはいりますか、と聞くと「このままで」と答えるので、私も缶のままのむ。

ソファーの前に並んですわり、今日はどんな仕事だったとか、あれはどうだったのとか、このたまご焼きおいしいねとか、味がうすければお醤油を、とかもたれるように話しながら、時間はすすむ。

彼が缶を持ち、ぐいっとあおるタイミングで、私も缶を持ちあげてくっとのむ。

「おいしいねえ」と彼が言うので、うん、おいしい、とこたえている。

けれどほんとうは、このときの私は、お酒の味わいというものを知らなかった。

彼が毎週こうして持ってくるものだから、持ってきてくれるのはなにやらうれしいことであるし、同じものを同じときに味わうというそれ自体、はにかまずにはいられないという惚れ具合だったので、私は、おいしいもまずいも、のみたいものみたくないも、よいたいもよいたくないもなしにして、とにかく週に一回、缶ビールを一本、その次にハイボール一本をあけた。

そういう日々がつづいたある日、部屋でひとりのびていると、ふと、お酒でものもうかなという気分になった。

私は近所のコンビニエンスストアでいつも彼が買ってきてくれる缶ビールを買って、歩きながらのんでみた。味わいのことはやっぱりよくわからなかった。けれど、夜風はきもちよく、なんだかもうすこし歩いていたい、そういうきもちになった。

それからはときどき、そういう気分になる夜が生まれて、ごく自然に、お酒は生活の一部になった。

うれしいことがあったり、なにやらキリが良かったりすると彼は決まって「今日はお寿司にしようか」と言って、回転寿司へ行った。そうしましょう、そうしましょうと私はこたえていたのだけれど、ほんとうはすこし嫌なのだった。

どうして嫌なのかというと、私は回転寿司ではむしえびばかりを食べる、妖怪むしえび女だからである。ときどき、たまごとまぐろをはさみもするけれど、でもやっぱり、むしえびがとびきりである。それ以外の寿司のことは正直よくわからないまま大人になった。

お寿司を愛する彼の前で、むしえびの皿ばかりを積み上げるのは恥ずかしく、しかし、どの寿司をどういう順番でたのめば悪目立ちしないのか、さっぱりわからないので、せっかくだしいろいろなものを食べてみたいから、と理由をつけて、私はいつも彼と同じ皿を手にとって食べていた。

その手法を三度くりかえした頃には、そうやって食べるのがふたりのなかでいつものことになり、彼が食べたい寿司を二皿たのんでくれるようになったのだけれど、それが悪かった。

私はわさびが食べられないのだ。

それはそうだろう。むしえびやまぐろ、たまごを好むこども舌が、わさびを食べられるわけがない。

実際、わさびが食べられないことは前回も前々回も彼に伝えていたのだが、そこだけどうしてぽっかり忘れているようで、彼はわさびありの寿司をぼこぼことたのんでゆく。それくらい覚えておいてよ、と言えたらよかったのだけれど、気まずさともの悲しさで言いだせなくて、私は毎回、名前と見た目が一致しないままの寿司たちを、目に涙をいっぱいためながら食べていた。泣いていることなんて、バレても良さそうなものなのに、ぜんぜんバレなかった。ばかじゃないの。

しかしやっぱり、えらいもので人間は慣れるのだ。

私はいつの間にか、平気でわさびを食べられるようになっていた。

妖精がいた

妖精は、深夜のセブンイレブンで働いている。

「店が暇だ」と愚痴っては、毎晩のように連絡をよこして、セブンイレブンの新作情報や、常連客につけているあだ名を教えてくれる。私はユニットバスの古い浴槽に三角すわりで浸かりながら、妖精のメールにふきだす時間が好きだった。

私が当時働いていた美容室をやめたいとオーナーに伝えた夜、妖精は私のとなりで激安の焼き鳥を頬張っていた。

二杯目をハイボールにするのか、生レモンサワーにするのか、もう一度生にするのか迷っているとき、電話がかかってきた。オーナーからだった。私は店を出て、焼き鳥屋の隣のビルの螺旋階段に座って、つめたい風にびゅうびゅう吹かれながら四十分以上話し込んだ。

妖精はひとりでだいじょうぶだろうか、せっかくの夜なのに申しわけない、怒っているかな、と勿論、ずっと気になっていた。しかし、こちらはやめる、やめない、次の店にいく、いかない、という自分の未来を左右する（と当時の私は真剣に思っていた）重大な局面を迎えていたので、妖精どころではなかったのもほんとうのことである。

長い電話から戻ると、妖精はキャンパスノートをぱたりと閉じて、「こちらも自分のやるべきことをやっていたので、お気になさらず」と言った。私は「どうもすみません」と謝って、事情を説明すると「いくらなんでも今日やめるって言わなくてもよかったじゃないか」とすこしすねていた。

結局私はその店をやめて、つぎの店で働きはじめた。すると私はどんどん忙しくなり、それはすぐにラインを超えて、生活はたちゆかなくなった。

生活がたちゆかないとはつまりどういうことなのかというと、部屋には洗濯前のものと洗濯後のものが混在したままあちらこちらに放置され、冷蔵庫には賞味期限切れのものがあふれて、テーブルの上はこまごましたものでめちゃめちゃになっている。のにもかかわらず、それをどうにかしようとする気が一切おきないのである。

そんなある日、しばらくぶりに妖精と会うことになり、私は翌日も朝から仕事だったので、うちでのむことにした。

きっと私はそれまでに荒れ果てた部屋を片付けておくべきだった。けれど気心の知れた妖精にまで、自分をつくろう必要はないと思ったのでそのままにした。

妖精はお酒やつまみ、甘いものをレジ袋にたくさん入れて、きゅうと口角をあげてやってきた。

そして私の部屋を目の当たりにした瞬間、「君がこんな部屋に住んでいるのは、いやだ」と言って下を向いてしまった。

私は聞かなかったことにして「それはそうとお酒でもどうですか」と妖精が持ってきてくれたレジ袋から酒をとりだして、プルタブを開けてやり、妖精の胸へすいとさしだした。妖精はぐいと缶ビールをのんだので、背中をやさしくさすってやった。

私たちは荒れ放題の部屋で夜明けまでふたりで酒をのみ、つまみを食《は》み、甘いものまできちんと食べて、わっはっはと笑い合っているうちに、いつの間にか眠ってしまった。

朝八時。寝坊寸前で私はがばっと起きあがり、大慌てでシャワーを浴びて、床で寝ている妖精にタオルケットをかけて、化粧をすませ、眠っている妖精の手に、「ポストに入れちょいて」と書いたメモと鍵を握らせ、部屋を飛び出た。

一日中働いて、へとへとのからだをひきずりながら終電で帰った。

ポストをあけて鍵をとり、ドアを開けて電気をつけると、あらふしぎ。

部屋がすっきり、きちんとしている。

散乱していた洋服はうつくしくたたまれ、ごみの一切はなくなり、シンクにたまっていた洗いものはきれいに洗われ、食器棚へ収まっていた。

テーブルの上にはテレビのリモコンとエアコンのリモコン、そしてちぎられたノートと茶封筒だけが置かれていた。

ノートにはこう書かれていた。

おせっかいだったらすみません。

仕事のしすぎは心にもからだにも毒です。

すぐには無理でしょうが、ちからを抜く時間もつくってください。

おすすめの甘いものが冷蔵庫にあります。
カップラーメンもいくつかあります。
三食しっかり食べてください。
食べすぎ、のみすぎはよしてください。
それと五千円、よかったらつかってください。
ほんとうは一万円あげたいのだけれど、
それだとひかれてしまうと思いました。
では、さようなら。

茶封筒の中にはほんとうに五千円札が入っていた。

財布から取り出した感じのある、折り目のついた五千円だった。

冷蔵庫にはチーズケーキとみかんのゼリー、アロエヨーグルト、まるごとバナナが入っていて、ぎゅうぎゅうと押し込まれていたはずの賞味期限切れのものはすべてなくなっていた。

妖精とはそれから連絡がつかなくなった。

まあたらしい部屋

引越しするわけでもないのに、家具のすべてを捨てたことがある。おおきなテーブルも、エメラルドグリーンのソファーも、ポールハンガーも、カラーボックスも、ベッドも、マットレスも、その他もろもろも捨てた。どうしてそんなことをしたのかというと、記憶を消し去りたかったからである。人生はときに、力業である。

唯一捨てなかったのは、実家から持ってきた20インチのテレビと、実家を出るときに親が買ってくれたニトリのスチールラック。

いっそのこと捨てようかとも思ったのだけれど、両親が、幼い私のために家電量販店で「これをください」と店員さんに言っている姿や、実家を出る私のためにニトリでカートを押しながら「これいいね」と選んでいる姿を想像してしまって、そのふたつだけはどうしても捨てられなかった。

床に直置きされたテレビと、スチールラックだけが残されたワンルームに、私はバスタオルを敷いて眠った。

背中はいたいし、フローリングはつめたいし、どれだけ暖房をつよくしても、なんだかさむくて、ぶるぶるふるえて、くやしくて、変な声ですこし泣いたけれど、それでも私の住み慣れた部屋は、きちんとはじまりのたたずまいをしていた。

まあたらしい 部屋

雑草とホウプ

二十二歳の夏、昼過ぎだった。白いテーブルを挟んで弁護士が座っている。

「中身を確認してください」

私は頷いて、テーブルの中心に置かれた紙袋を自分の方へたぐり寄せ、中を覗いた。

札束が入っている。

「確認しました」私が言うと、弁護士は淡々と説明をつづけた。

しばらく部屋の隅のちりを見ていたら弁護士の話は終わり、私は軽く頭を下げてから紙袋をリュックに入れて部屋を出た。

心配して近くまで来ていた母と合流し、「なにか、高くておいしいものを食べよう」と誘って、高島屋へ入り、四千百八十円のすき焼定食を食べた。

旨い、旨い、と言いながら良い肉を食べたけれど、母も私も苦笑いと半笑いの往復で精一杯だった。食べ終わると気が抜けて、疲れがどっときたので、母と別れてひとり暮らしの部屋に帰った。

しばらく天井を見て、眠って、目を覚ますと夕方で、それも曇りの汚い感じの夕方で、憂鬱な気分になった。

リュックから紙袋を取り出し、紙袋から札束を取り出して、まじまじと見る。

高卒で実家を出て働き始め、薄給でも雑草のようにさりげなく労働を楽しんでいたのに、呆気なく無職になった。私に残ったものは絶望と札束だった。

札束があるだけマシだろう、と思う元気は残されていなかった。

昼頃に起きて、夜まで布団の中で過ごし、ふと思いついて新代田の部屋から東京タワーまで歩いた。行き道で通るギラギラの麻布十番や六本木を、白目を剥くほど睨んでいたら眼精疲労で涙が出た。権威に見えるものすべてが憎かった。真っ赤な東京タワーを、カップルの影に隠れて、体育座りで見上げた。

消えたいと思ったけれど、死ぬのは面倒くさくてたまらないから、できることなら森のにおいのする緑色のバブになって、家の浴槽で、泡となり、緑色のお湯となり、最後は円を描きながらするすると何処かへ流れたいと思った。それはもう願うように、祈るように、思っていた。しかし、そううまくはいかないもので、私はじりじり生きていた。しつこくたしかに生きていた。

それから一年以上が経ち、貯金は半分以下になった。

この金が尽きるまでになにか仕事を探さねばならない。金がなければ人は生活をつづけることができない。だから、働かなくてはならない。それはわかる。しかし、わかるからできる、ということはない。わかる、されど却下、ということもある。私としては緑色のバブになりたいと本気で祈ったのに、生きのびるために働くというのは、癪だった。

それからは胸の奥にひきこもっているホウプに、何日も、何ヶ月も、「君のやりたいことを言ってごらんよ」「君の光とは歓びとはズバリなんだい」としつこく話しかけた。

ホウプは口をひらかなかった。

呆れているようにも、疲れているようにも、諦めているようにも、聞いてほしそうにも見えた。

ホウプをいないものとして無視してきたのは私だ。こんなふうに喋るのが苦手になってしまったのも、私のせいである。こんなときばかり意見を求めるなんて都合がよすぎるのかもしれない。

私は貯金が底をつくぎりぎりまで、毎日ホウプに話しかけた。時間はたくさんあったから。


ようやっとホウプが口をひらいたとき、私は二十四歳になっていた。

「書きたい」

ホウプは目も合わさずにちいさな声で言った。

私は驚いて、一体なにを書きたいのか聞いてみると、

「自分のことばというものを、書きたい」こんどはおおきな声でそう叫んだ。

私は、「いくらなんでも、それは、無理なんじゃないの」とか「君がそう言うのなら仕方ないのかな」とか「自分のことばってつまりそれどういう意味」とか言いながら、泣いた。自分自身がこぼれ落ちてしまうんじゃないかと不安になるほど、豪快に泣いた。

二十五歳の春。私は自費出版で本をつくり、これをもって、あの日の札束は姿を消した。

三人暮らし

三人暮らし

はじめての夜

今夜は、三人暮らしのはじまりをお祝いするはじめての宴である。

ビールをふたつ、ウーロンハイをひとつ、えだまめ、きゅうり、ぎょうざ、だし巻きを頼むとエビスさまのようなありがたい顔をしたおかみさんがはいはいはい、と言いながらお酒を持ってきてくれる。

今日からよろしくおねがいします、という内容のことをおのおのつぶやきながら、私たちはグラスを合わせ、くーっとあおると「ああっ」「っくぅ」「うわあ」とめいめい口にして、なんだかとても良い夜である。

やがてだし巻きがやってくると、りんごちゃんがすぐに手をのばして口へ。

「あつっっ!」

すかさず、私も箸をのばして、

「ふっ、はふっ！」

つづいて、めろんちゃんも口に運んで、

「あっふっ！」

三人が三人ともさめるのをすこしも待たずに、ほうっほうっと口から湯気をあふれさせ、顔はでれでれほころんで、できたてのだし巻きを食んでいる。

透きとおる春の午後。

それは、りんごちゃんに「代々木公園で一緒にスコーンを食べよう」と誘われたときのことだった。

先に到着しているりんごちゃんを、ふらふら探していると、遠くの、大きな木の下の、その太い幹にもたれて、すやすや眠っているのを見つけた。りんごちゃんは金髪なので、ちょっぴり見つけやすいのだ。

りんごちゃんは早朝出勤のパティシエだから、午後のこの時間はお昼寝タイムなのだろう。おつかれさん、おつかれさんと心のなかでとなえながら、しずかに隣にすわると、りんごちゃんはぱっちり目を開けて、

「あのう、一緒に住むってどう？」と起きたての声で言った。

りんごちゃんは当時一緒に住んでいた友だちとの同居解消を考えている最中だったのだ。

ありかも、私は答えた。

かねてよりもっと広い部屋に住みたいと思っていたのである。

しかし、ふたりで住むと距離が近くなりすぎて、いつしか嫌いあってしまったらどうしよう。私は不安になって、もうひとり誘おうよ、と言うと「うん、いいよ」とりんごちゃんはすぐに了承してくれた。

でもいったい、だれを誘おう。

そう考えたとき、いちばんはじめに思いついたのがめろんちゃんであった。

神奈川の実家から会社に近い都心へ引っ越したいけれど、お金がなあ、とつい先週ぼやいていたのだ。

三人で一緒に住めば、もろもろお安くなりますよ。

私はめろんちゃんを勧誘し、安さに惹かれためろんちゃんは、同居を承諾した。

りんごちゃんとめろんちゃんにはまったく面識がなかったのだけれど、するすると話は進み、幡ヶ谷に古いビルの六階の部屋を見つけて、こうして、私たちのはじめての夜を迎えたのである。

りんごちゃんは照れ屋なので、恥ずかしそうに首をすこし左にかたむけて、めろんちゃんは聞き上手なので、タイミングよくあいづちをうち、私はなんだか浮ついて、ここはまぐろの握りがうまいんだ、と誰にも聞かれていないのに話し出したそのとき、となりの席の常連さんとおぼしき五十代ほどの男女五人グループのうち、白髪混じりの男とふわふわ髪の女が喧嘩をはじめた。

激しく言い合う男女を目の前にして、

「こんなにたのしい夜なのに！　どうして！」という顔をしているりんごちゃん。

「あーあ、あーあ」という顔で平然とウーロンハイをするめろんちゃん。

「きれいにのめねえなら、のむんじゃねえぞ！」と殴りかかりたいような勢いで睨みつけている私。

そんな私たちのことなど、勿論、お構いなしに、口論はヒートアップし、ついには髪をつかみあい、頬をはたき合うようになり、どんっと突き飛ばされたふわふわ髪の女は机の角に頭をぶつけてとろとろと流血。

白髪混じりの男はひるんだようで、それ以上殴りかかることはなかったけれど、「いや、ごめん」だの「でもお前がわるいんだ」だの、まだぶつぶつ言っている始末。

おかみさんが救急車を呼んで、血を流した女は病院へ運ばれ、残った五十代たちは会計を済ませ、そそくさと店を出て行った。

情緒をぐじゃぐじゃにされた私たちは持ちなおし方もわからず、今日はもう帰ろうと言い合って、会計を済ませ、三人の家に向かって歩いた。

アイス買って帰ろう。

誰からともなくそう言い出して、私たちは家の近くのダイエーに入り、おおきな冷凍庫にずらーっと並んだアイスに目を光らせた。

近所のスーパーマーケットのアイスの品揃えは大事でござんすから、と誰かが言うと、そうでござんす、そうでごわす、とあとのふたりが言う。

さんざん悩んで、りんごちゃんはモウのバニラ味を、めろんちゃんはモナ王の抹茶味を、私は板チョコアイスを買った。

家に帰り、前髪をちょこんと結んでアイスを食べているふたりの、そのほほえましさにうっすら笑っている私、を指さしてふたりがくすくす笑っている。指をさされた私の胸のあたりを見ると、ぎゃっ！　真っ黒のチョコレートがだらんと垂れている。

私はティッシュを二枚とり、すばやくとんとんしながら、保育園のときにもこういうことがあったなあと思い出して、人間って変わらないなあと主語を大きくしながら恥ずかしさを誤魔化すための感慨にふけり、でも、他人と一緒に住むって、失敗を笑ってもらえるということでもあるのだなあと、うれし恥ずかし感じ入り、そういう、私たちの、はじめての夜だった。

お湯がでない

〆のアイスを食べおわり、三人のなかでいちばん朝の早いりんごちゃんがお風呂へ向かったのだけれど、それからすこし経って、服も着たまま、髪も乾いたままで、リビングへ戻ってきた。

どうしたの？　と聞くと、

「お湯がでない」と言うのだ。

そんな馬鹿な、と思いながら、風呂場のシャワーを、洗面台の蛇口を、台所の蛇口をひねってみるのだけれど、どれもつめたい水が流れるだけで、いつまで経っても温まらないので、青ざめる。

三つの青い顔はリビングに集まり、こんな時間だからあれだけどと言い合いながら、大家さんに電話をかけてみると、案外すぐに出て「あら、たいへん」とひとこと。三分後にはピンポンが鳴り、大家さん夫婦がやってきた。

忘れていたけれど、大家さんは同じビルの最上階に住んでいるのだ。

あれ？　おかしいな。うーん、うーん。大家さんは言いながら、蛇口と首をひねりつづけ「明日、業者に電話してみるね」と言い残して帰っていった。

ど、どうしよう。なんにも解決していない。

しかしお風呂には入らなければならないので、私とりんごちゃんは、ぎりぎり開いていた近所の銭湯へ向かい、めろんちゃんは、「銭湯は苦手なんだよね……同性だからといって裸を見せてもいい理由にはならないと思ってる……」とつぶやいて、近くに住んでいる友だちの家でお風呂を借りることにした。

結局、業者さんの工事はそれから一週間後に行われることになり、それまでお湯はおあずけとなってしまって、銭湯が苦手なめろんちゃんはその間実家に戻り、私とりんごちゃんは銭湯通いの一週間となった。


それから三日くらいたった夕方。

家に帰ると、お昼寝タイムのはずのりんごちゃんが台所に立っている。

ぱちぱちと跳ねる音がして、どうやらなにかを揚げている様子である。

近づいてみると、それはくし形に切られたじゃがいもだった。

「じゃがいもじゃん」

話しかけると、うなずくりんごちゃん。それからちいさくため息をひとつ。

なんだか元気のないりんごちゃんである。

話を聞いてみると、ここ最近、仕事がどうにもこうにもうまくいかず、休日を返上して取り組んだところでうまくいくわけでもなく、もうどうすればいいのかわからなくなり、気づいたときにはつかれもストレスもたまりにたまって、んもうすべてが嫌なのだそう。

「そんなつかれているときに、どうして揚げものなんかするの」

「じゃがいもを揚げることでしか発散されないものがあるんですよ、あるんです」

りんごちゃんはそう言いながら、ひたすらこくこくうなずいている。あかべこみたい。

サラダ油のなかにどんどんと投げ入れられるじゃがいもは、ちいさな泡のなかで、どことなくきもちよさそうである。うすいイエローはあっというまにうっとりするほどの狐色になって、キッチンペーパーの上へかろ、ころ、かろ、ころ。わんさか揚げたそれらをおおきなボールに入れて塩をふり、するっくるっと空中であわせるりんごちゃんのその手つき、その目つき、その腰つきにうっとり見惚れる。

おおきなボールを皿に移さず胸に抱えて、ソファーにどっしり座り、揚げたてのポテトフライを指でつまむりんごちゃん。

あちっ！　とちいさく叫んで、つと箸をとりにいく。

すぐに指でつまむことをあきらめて、箸をとりにいく。

あらためて、箸でつかんで、くちのなかへほうりこむ。

はふっ、はふ。ふうーふうー。ほふーほふー。はぐ、はぐ。

食べるたび、やわらかくほころんでゆくりんごちゃんの顔つき。

「あっ、どうぞどうぞ」

りんごちゃんは、思い出したように、ボールをすっと差し出してくれたので、「どうもすみません」と私は言って、ひとつ食べてみると、これがもう、かりっほわあのしょっぱうまうま、たまらない。

「揚げたてのじゃがいもって、すごいね」「すごいよね」「超すごい」「まじすごい」「すごすぎ」と言い合っているうちに、ボールはすっからかんになった。

秋のひは、釣瓶《つるべ》落とし。

いつのまに日は暮れて、私たちは連れ立って銭湯へ歩いた。

その晩の、ぶくぶくと泡だつマッサージバスにあごの先までたっぷりとつかるりんごちゃんは、さながら揚げられている最中のじゃがいもみたいでとってもあいらしかった。

斎藤ってだれですか

あれから一週間が経ち、わんさかお湯がでるようになった家にめろんちゃんが戻ってきて、三人暮らしはあらたにスタートをきった。それはそうと……。
小原「あの歯磨き粉ってだれの？」
めろん「わたしのだよ」
小原「でも斎藤って書いてあるよね」
めろん「うん、書いてある」
小原「みょうじって」
めろん「杉野」
小原「だよね」
そう。めろんちゃんの苗字は杉野である。

しかし、めろんちゃんが洗面台に置いていった歯磨き粉には、黒のマジックペンで『斎藤』とでかでか書かれている。

私はてっきり、前の恋人や、友だちのものかなにかだと思っていたのだけれど、あれは正真正銘めろんちゃんのものであるらしい。

「なんで斎藤なの」聞くと、「実家ではそう呼ばれてんの」と彼女はにっこり答える。

なんでも、めろんちゃんのお姉さんが小学生の頃、あだ名をつけるのにハマり、お母さんのことは『にょ母《かあ》ちゃん』、お父さんのことは『にょ父《とう》』と呼び、「お前はさいとう顔だから『さいとう』」と言ってから、十年以上もの間、家族にはさいとうと呼ばれているのだそう。ちなみにさいとうの漢字は斎藤であり、これはめろんちゃんが自分で決めたことらしい。

そのようなわけで、帰ってきためろんちゃんのリュックサックから、でるわでるわ『斎藤』と書かれた牛乳石鹸、リップクリーム、洗濯ネット、キャミソール、のみぐすり、リプトンのミルクティー、コンビニの焼きプリン。

それをにっこり見せてくれるめろんちゃん、こと斎藤さん。

そういう平和

なくなりそうだったトイレットペーパーを、仕事帰りのめろんちゃんが買ってきてくれたという報告が、三人のグループLINEにとどく。助かるなあ。

いざ帰ってみると、あらまあ、狭いお手洗いの中にトイレットペーパーが積み上げられ、元々あった二ロールに十二ロールがたされて、合計十四ロールのトイレットペーパータワーがそびえたっている。

私はリビングでテレビを見ているめろんちゃんの背中にむかって、「積みあがってる(笑)」と言う。

めろんちゃんは、「いひひ、ひーっ」と引き笑い。

なんて平和な夜なのだろう。

翌日の朝、お手洗いに入ると、なにやら昨夜と雰囲気が変わっている。

……あっ！

上から数えて、

一ロールめに「一月分」
二ロールめに「二月分」
三ロールめに「三月分」
四ロールめに「四月分」
五ロールめに「五月分」
六ロールめに「六月分」
七ロールめに「七月分」
八ロールめに「八月分」
九ロールめに「九月分」
十ロールめに「十月分」
十一ロールめに「十一月分」
十二ロールめに「十二月分」

十三ロールめに「きんきゅうじたい」
十四ロールめに「まじピンチ」
と黒のマジックペンで書いてある。

この字は、りんごちゃんの字である。

一ヶ月一ロール目標を掲げるなんて、まあ無謀な子。

りんごちゃんは、きっとめろんちゃんのおふざけがうれしくて、しかし私とめろんちゃんがはしゃいでいるときには自分は眠っていて、いざ起きてトイレットペーパータワーを目にしたときには他のふたりは眠っているので、このうれしさをどう伝えればいいのか悩み、思いついたのがこれだったのかと思うと、なんて平和な朝なのだろう。

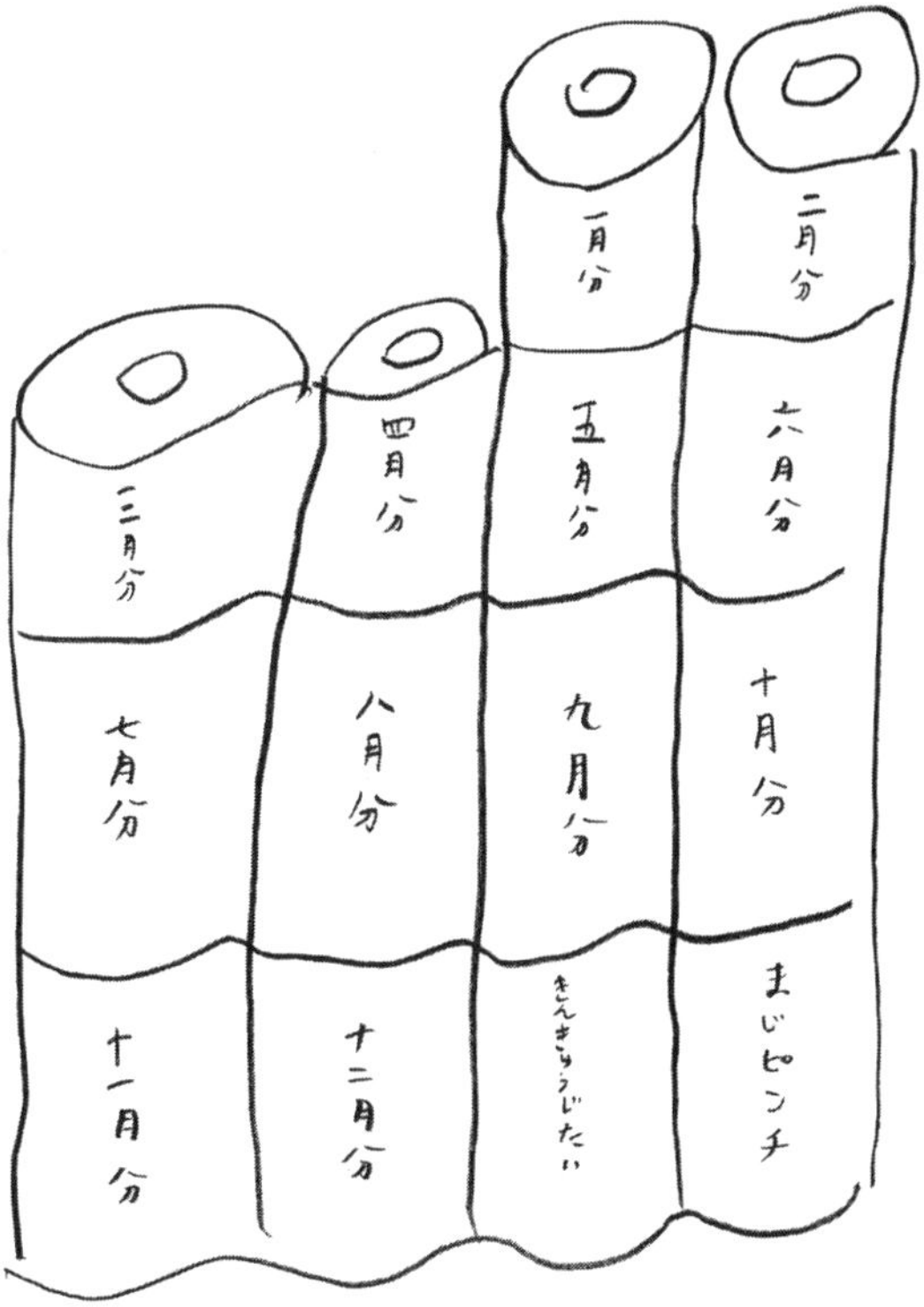

トイレットペーパー
そういう平和

屋上へ行きたい

屋上ってのぼれるのかな。

リビングのソファーで横になりながら、私がそうつぶやくと、

「どうだろう」

「しらないしらない」

「ちょっといってみたい」

「いきたいいきたい」

とフローリングの上で転がっているりんごちゃんと、ひとり掛けソファーで丸まっているめろんちゃん。

それじゃあ、いこうじゃないかあ！　と私はソファーで横になったまま拳を上につきあげると、あとのふたりも転がりながら、丸まりながら、拳をぐっとつきあげた。

私とめろんちゃんはスニーカーをはき、りんごちゃんはサンダルをはいて、準備万端である。玄関を開けると、どこからか、焼き魚の匂いがする。酔っ払いの歌声が、遠くのほうから聞こえる。螺旋階段をどんどんどんどんのぼっていくと、フェンスにゆく手を阻まれた。目線ほどの高さである。どうやらその奥にも、階段はつづいている。

「どうする？」

「うーん」

「いってみる？」

「いってみようういってみよう」

「いってみます」

私たちはフェンスをよじのぼることにした。

両手で同居人のお尻を押し上げ、みんなの力をあわせてフェンスのりこえる。

錆びてささくれたところと肌がすれて、微かな傷が、血が、赤が。

「ああ！　長ズボンはいてきたらよかった！」

「長ズボンって」

「デニムって言いなさい」

「ジーンズって言いなさい」

「パンツって言いなさい」

「長パンツはいてきたらよかった！」

ついに私たちはフェンスを乗り越え、階段をのぼっていくと、そこにあらわれたのは、見上げるほどおおきな、ものすごい雑草たちだった。それらは、もうれつに生い茂り、からみ合い、夜の風にうねっている。まるでジャングルだ。屋上のジャングルだ。

しかしながら、そこにもフェンス（私の背よりもうんと高い）が立ちはだかっていたので、それ以上はあきらめた。

明るい部屋に戻ると、私たちの服は土ほこりで薄汚れて、肌のところどころは傷つき、一日中外で遊び呆けた子どもみたいだった。

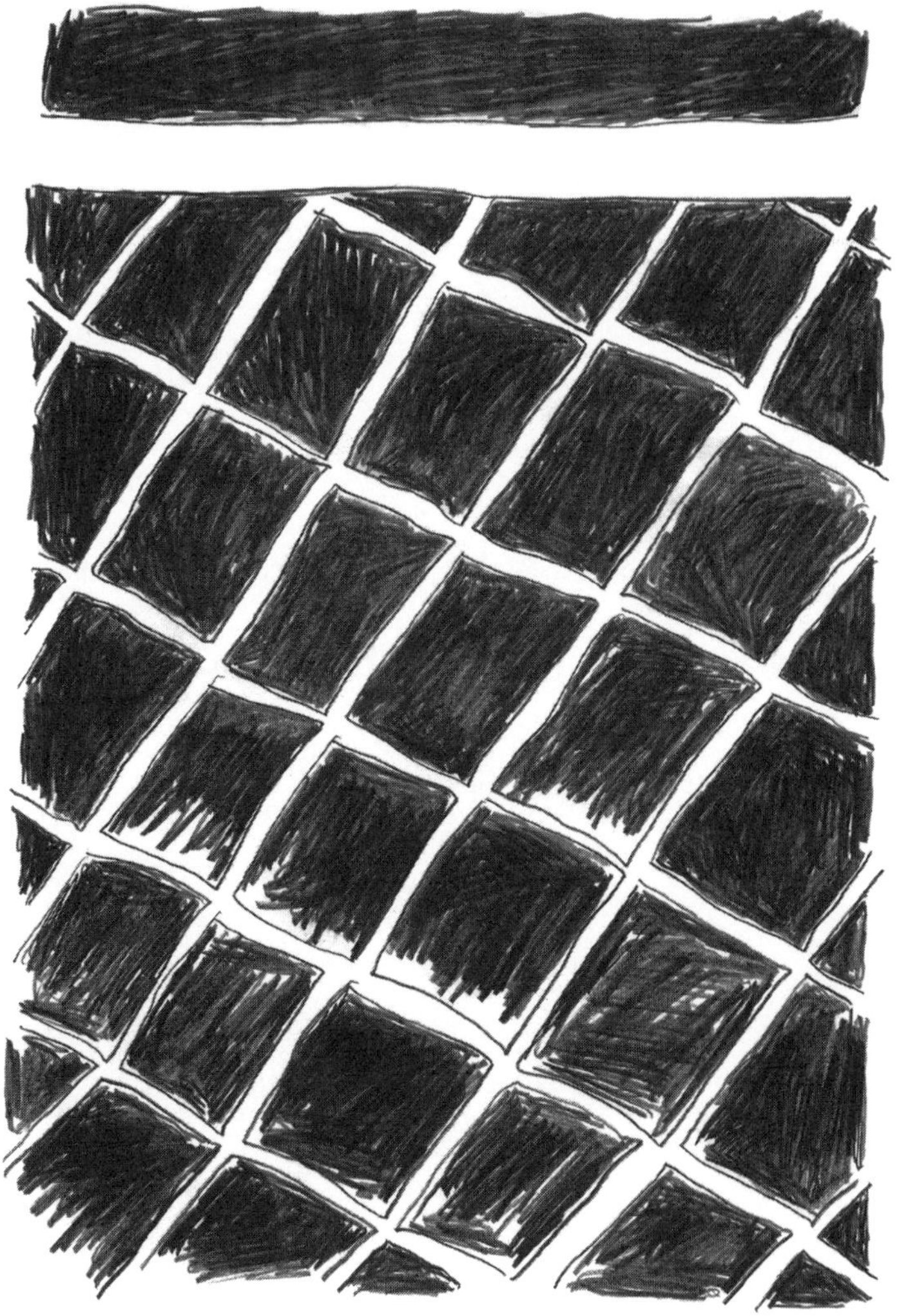

屋上へ 行きたい

今日はたのしい手巻き寿司

なにかと理由をつけて、手巻き寿司ばかりした。
明日は休み？　では、手巻き寿司。
弟の誕生日？　まかせなさい、手巻き寿司。
上司に怒られた？　そうくるか、手巻き寿司。
というふうに。

好きなのだ。
手巻き寿司が。

酢飯担当は決まってりんごちゃんだった。

三人で住みはじめるまえ、買い揃える家電について話し合ったとき、「土鍋で炊くから炊飯器はいらない！」「ふたりのぶんもあたしが炊くから！」「土鍋で炊いた米はうまいんだ！」とりんごちゃんは意気込んで、なるほどみんなできるかぎりお金は使いたくないしということで、私たちは炊飯器を買わなかった。

土鍋で米を炊けるのはりんごちゃんだけなので（私とめろんちゃんの不勉強のせいなのだけれど）、手巻き寿司をするとなると、家に残って米を炊いてくれるのである。

そのため、私とめろんちゃんが買い出しを担当する。

歩いて三分のところにあるスーパーマーケットには、まぐろやサーモン、イカ、えびなどのお刺身が入っている手巻き寿司セットなるものがあるので、それをふたつ買って、あとはきゅうりと、たまご、ツナ缶。気分で納豆を買うこともあれば、ウインナーやスパムを買うこともある。ときどき、海苔を買い忘れて、もう一度買いに走ることもあり、ふたりともうっかりするなんて、なんというていたらく。

家に帰ると、お米の甘いにおいが部屋中に広がっている。腰に手をあてて土鍋を見ているりんごちゃんがこちらをふりかえると、すこし額に汗をかいて、目の玉をぴかぴかと光らせている。炊きたての米より、まぶしいぜ。

帰ってきた私たちに、りんごちゃんは「あとはまかせて」だの「座ってて」だの言って、買ってきたきゅうりを手際よく細く切り、たまごを薄く焼いて細く切り、ツナ缶にマヨネーズを和えてツナマヨをつくってくれる。

お米が炊き上がり、寿司酢をまわしかけ、りんごちゃんがしゃもじでさっさっと混ぜるのを、私とめろんちゃんが「わっしょい！　わっしょい！」と盛り上げると、りんごちゃんは「て、照れんだろ」と言って顔を赤くしている。

三人のちからを合わせて（といってもほぼりんごちゃんのちからなのだが）用意したものを食卓に並べ、私とりんごちゃんはサッポロ黒ラベルで、めろんちゃんは抱きまくらみたいに大きいキンミヤ焼酎でつくったウーロンハイで乾杯する。

海苔に酢飯を広げつつ、ネットフリックスで映画でも見ようという話に、手巻き寿司のたびになるのだけれど、「なにみる?」「なんでもいいよ」「どうしよう」「そういえばさ」「なになに」「やば」「まじで」というふうに話は横にそれてゆき、映画も横に流れるだけ流れて、永遠に決まらない。

そういえば私たちが三人で一緒に観た映画は、共に住んだ一年の間で、たったの一本だけである。

そんなこんなで今晩も、私たちの手巻き寿司がはじまった。

お世話になっております

いくらかんがえても答えのでないこと、というのはもちろんある。たくさんある。この世界にはそういうものしかないかもしれない、ともいえると思う。

私はちいさい頃からむんむん考えるのが、ほとんどくせになっていて、考える発端になるのは「傷ついたから」であることが多く、つまりは傷ついた心のままで、傷つけられた理由について延々と考えるわけだから、ぐんぐんときもちは沈んでしまって、気づいたときには憂鬱のみずうみで溺れている、というどうしようもないことばかりである。

なにかの拍子に、そういう頭のなかを他人にぼろっとこぼしてしまうと「考えすぎだよ」とあしらわれることも多いのだけれど、頼もしいことに、この家には同じくせを持つめろんちゃんがいる。

めろんちゃんは「あるね、それはある」と言ってから「わたしはね、こう考えたことがある」と自分の経験を話してくれる。

私たちは夜な夜なリビングに集まり、めろんちゃんは生ハムをつまみながらウーロンハイをのみ、私は上海焼きそばを食べながら発泡酒をのんで、ふたりでむんむん話しこむ。人生に解決はないのだから、解決することはもちろんないのだけれど。

夜明け近く、めろんちゃんは自分の部屋にもどって眠りにつく。私は未だひとり眠れずにリビングでぐずぐず起きていると、朝の早いりんごちゃんが起きてくる。

それはいつも空があかるくなるかならないかの瀬戸際で、あたらしい朝を迎えたばかりのりんごちゃんと、今日をいつまでも延長させている私は、この時間におしゃべりすることがおおいのだ。

りんごちゃんは金色の髪を上下左右にはねさせ、腹や腰をぽりぽりかきながら「おあよう」とけだるく挨拶をして、ひとりがけのソファーに腰を下ろし、めがねをはずしたのび太くんのような目つきでしばらくぼうとする。そして、

「ココア、のむ?」ととうとつに聞いてくれる。

「のみたい、のみたい」私が答えると、りんごちゃんは、ふん、と笑う。

りんごちゃんは純ココアからホットココアをつくる。

少量の牛乳と純ココアを火にかけて、だまにならないようにねり、少しずつ牛乳をくわえて、小さな泡立て器でくるくる混ぜながらたくさんのお砂糖をいれる。このお砂糖の量をびびってしまうと、すべてが台無しになってしまうのだそう。

リビングはココアの甘やかなにおいで満ちて、部屋は少しずつあかるんで、りんごちゃんのココアはとくべつで、たちのぼる湯気をふうふうしているだけで、私はありがたいお坊さんのような表情を浮かべてしまう。舌を火傷させながら、ちびちびとのむ。

りんごちゃんは眠すぎて、しかめっ面でココアをすすっている。味噌汁みたいに。

ふたりに世話してもらい、私はすっかり満ちたりて、かがやく朝日に照らされながらたっぷり眠る。

すべてがどうでもよくなったとき

スーパーマーケットをふらふらしていると、ペヤングの超大盛りが目についた。私はそれを三つ買って帰り、黒のマジックペンで『すべてがどうでもよくなったときのためのペヤング』と書いてみる。りんごちゃんの、めろんちゃんの、小原の、とひとつひとつに名前も書き入れ、台所に並べる。

すべてがどうでもよくなったとき、私はふたりのそばにいないかもしれないし、そもそも私ではなんの役にもたたないかもしれない。

ならば食い意地の張っている、きっと落ち込んだときにもたくさん食べるタイプの君たちに、ペヤングの超大盛りをひとつあげます。

ゆめのよう

おわりのとき、というのは、それはどうしてもさびしさが伴うわけだけれど、そのいっぽうで、少々のすっきりというか、さっぱりというか、きもちよさも否定できないものである。

私はというと貯金が底をつきそうな頃合いであり、これからどうしようかなあとぼんやりしていた盛夏。

そこに持ちあがったのが、三人暮らしの解散だった。

直接的な要因といえば、三人の中のひとりがコロナにかかり、三人とも違う仕事をしているものだから、濃厚接触者だなんだといって、また二週間、とか、三週間とか部屋にこもらなければならないなんてきびしい、ということだったのだけれど。

思えばあとのふたりにもあたらしい恋人ができたり、転職を考えていたりと、まるであのときの私たちは、ばらばらになることをしめしあわせたようであって、あたらしいところへいこうとか、いかなければとか、このままこうしていてもどうにもならないしとか、そういうことを思っていたような、思うしかなかったような気がしてならない。しかし解散について、三人で向かい合って話し合った記憶がどうもなく。つまりすべてのやりとりはそれぞれのアイフォーンの中で行われ、定められ、決まったのじゃなかったたか。

私たちはおおきな喧嘩をしたり、言い合ったり、殴り合ったりしたことは、勿論、なかったけれど、次へ行くと決めた人間というものは、そうやって、自然に、当たり前に、さらりと顔を合わさなくなるものであるのだと、私はそのとき知ったのだった。

私はというと大阪に住んでいる恋人の家へ行くことに決めた。

家賃が浮くのでもうすこし生きながらえることができる、というのは大きな理由であったのだけれど、まあそれだけでもなく、このまま遠いところに住み合って、ときたま会って、会えないときは寂しいだとか会いたいだとか今はなにをしているのだろうとか、そういう水曜日のようなこころもちの生活を繰り返すことに落ちつかなくなっていたのである。

他のふたりにも新たな部屋が決まり、ひとり、ふたり、と幡ヶ谷の部屋から去って、
私たちはきちんとばらばらになった。

六階のベランダの錆びを散り散りに最期はおおよそ花びらでした

実家暮らし

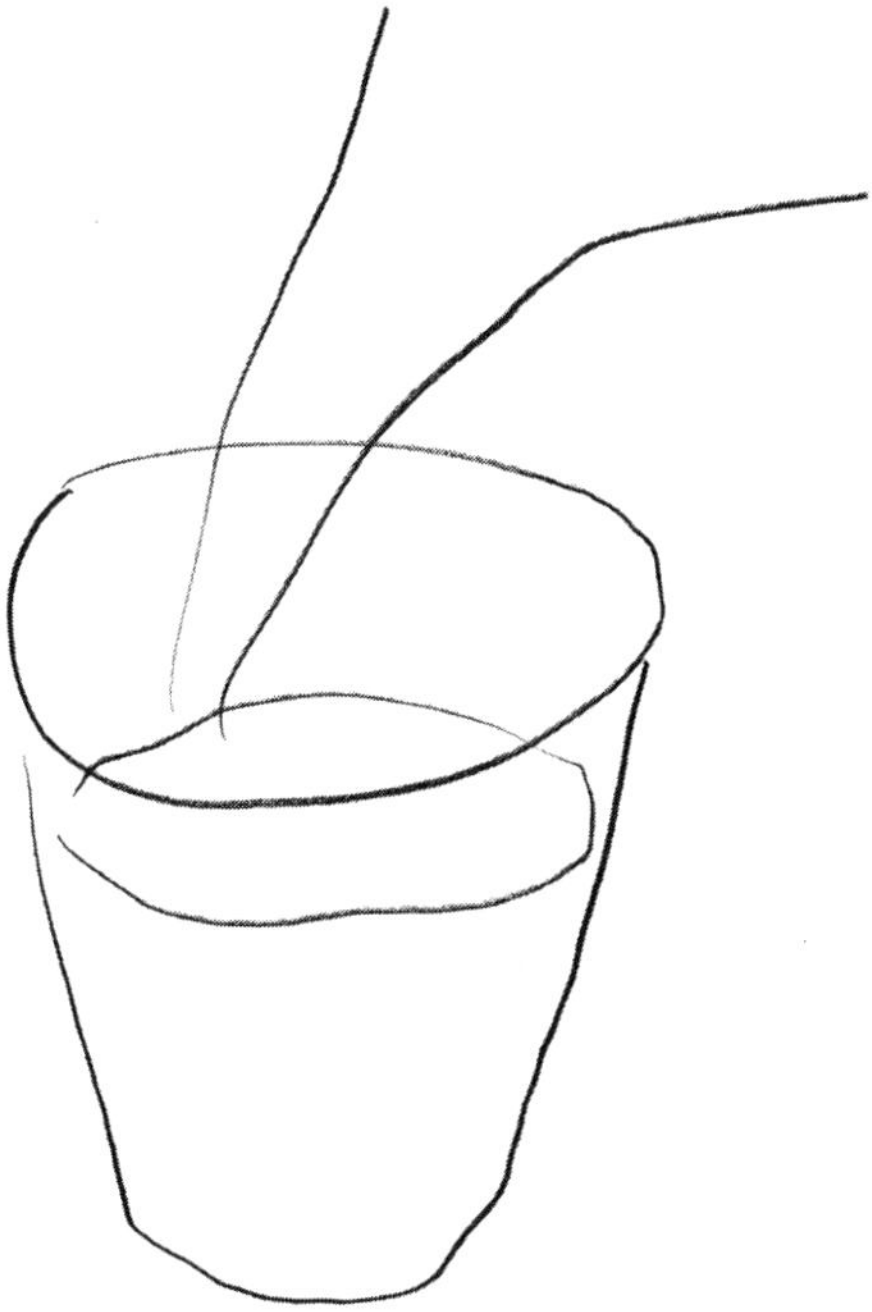

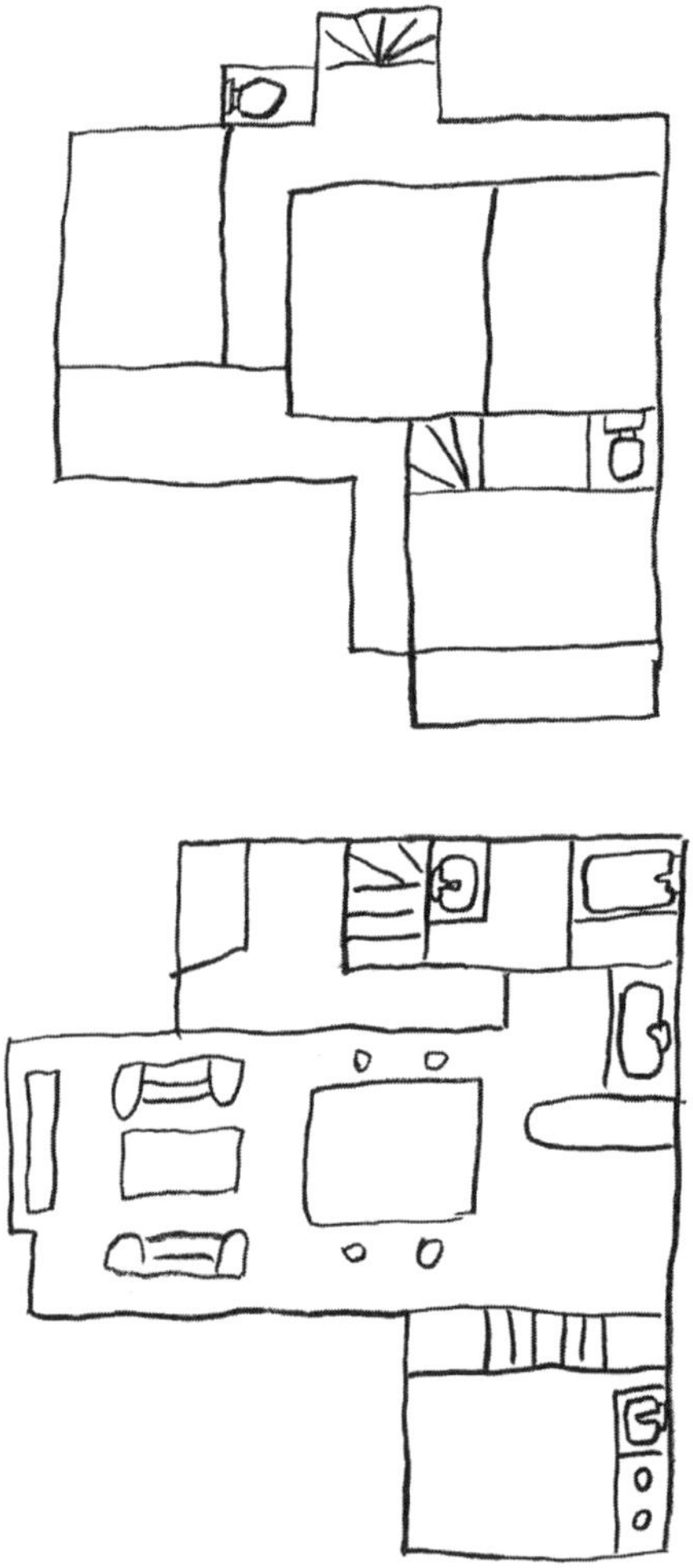

実家

ほんとうはやさしい子

五つ上の兄がいる。

母、親戚、その他もろもろから、ここ十五年くらい「ほんとうはやさしい子なんだよ」と言われつづけている兄である。

兄は中学二年生のとき、いきなりグレた。

制服のズボンはお尻が丸ごと見えてしまうほど下げてはき、前髪でMをつくり、眉毛はシャープペンシルで書いたのかと思うほど細くて薄かった。

ある日の兄は友だちと授業をサボって、ポテトチップスを食べながら学校の廊下を練り歩き、授業中の後輩の教室にいきなり入って、

「お前ら腹減ってんだろ、食う?」

と言いながら大笑いしていたらしい。

中学一年生まではすこし伸びたくらいの短髪で、眉毛はごんぶと、だれが見ても気のよさそうな素朴な少年だったのに。思春期とは稲妻である。

そんな兄はおそらくいきなりモテはじめた。

うちは両親が共働きだったので、夕方まで家には誰もいなかった。その隙を狙って、兄はよく女の子を家に呼んでいた。

小原家には、『親のいないとき異性を家に入れるべからず』という決まりがあったので、私は小学校から帰宅し、どうやら女の子が来ているようだと勘付くと、仕事中の母にメールして、チクった。兄はその度にこっぴどく叱られていたが、懲りることはなかった。

兄は女の子を隠す方法を模索するようになり、女の子の靴を自分の部屋に置いたり、私が帰ってくると、「二階に上がってくんなよ」とひとこと吐き捨てたりした。私は何故か「負けねえよ」と思っていて、母にメールで「あいつ怪しいぞ」とまたチクった。

仕事に追われる母と負けられない戦いの真っ最中である妹は力を合わせて、兄の不実を暴く方法をあれこれと考えたが、結論としては「思い切って扉を開けちゃおう」ということになり、二階に上がってくるなと言われたことなどお前の妹なんだから忘れるに決まっているだろという奇妙に晴れやかな顔で「お茶いる?」と言いながら扉を開けてみた。そこには真っ赤な髪の女の子が座っていた。ビンゴ。兄はまた、こっぴどく叱られた。

そういう兄と妹の戦いはしばらくつづいたが、私が驚いたのは扉を開けるたびに、いろんな髪色の女の子が座っていることだった。ある日はイエローグリーン、またある日はうっすらブルー、またまたある日は桃色。どうやら兄はかなりモテているか、日ごとに髪色を変える女の子と付き合っているらしい。

兄は中学三年生になり、高校受験のため塾に入って必死に勉強して、どうにかこうにか合格し、四日ほど通学して、退学した。

結果として社会人になった兄は、ときどき酔っ払って家に帰ってきた。

ある晩、小学五年生だった私はなかなか寝付けずに、ベッドの上で丸まったまま、深夜一時を過ぎてもまだ起きていた。

すると、ガチャと玄関が開く音がして、酔っ払った声が階段をのぼってくる。

ふすまを一つ隔てた兄の部屋の電気がついた。

どうやらだれかと電話しているらしい。

私は息を潜めて聞き耳を立てた。

隙間から光がもれている。

「まあね、俺とお前はレモンティーなんだよ」

(おれとおまえはれもんてぃー?)

「だからね、レモンティーってこと」

(えっ、レモンティー?)

「いや、わっかんないかな。俺がレモンで、お前がティーなわけよ」

(おまえがティー)

「俺だけだったら、ただのレモンでしょ。お前だけだったら、ただのティーじゃん」

(……ただのティー?)

「俺とお前が一緒になってはじめて、レモンティーになれるわけよ。わかっしょ?」

いいや、なにもわからない。

兄はきっと電話相手に愛していると伝えたかったのだ。しかし何度も聞き返されていることからわかるように、全く伝わっていない。

その後も必死に、「俺とお前はコンポ」「俺が本体でお前がスピーカー」「ふたり揃わなきゃ音は鳴らない」などと言っていた。

その後、兄はだらしないまま大人になり、私はそのせいで何度か散々な目にあった。

しかし、その度に、学校で嫌なことがあって落ち込んでいる私の背中をいきなりグーで殴りつけてから、「お前を泣かす奴は俺がぶっ倒す」とすごく真剣な顔で言ったあの日の兄を思い出す。どうして、背中を殴る必要があったのかは全くわからないが、当時中学生だった私はなんだかうれしかったのだ。
そのことを思い出すたびに、もしかするとほんとうはやさしい兄なのかもしれないという疑念が生まれる。ほんとうはやさしい兄の、思う壺である。

四川風麻婆豆腐に負けている　お前のにいちゃん本当は優しい

夏やすみ

その夏やすみ、私はウインナーに夢中だった。

昼過ぎに起きて、ベッドから出る。お母さんもお父さんもお兄ちゃんもいないリビングはひんやりとして、何度体験してもふしぎな感じがする。テレビをつけて、笑っていいともを流すと、テレフォンショッキングには知らない芸能人が出ている。猫のラッキーが足元をとおる。冷蔵庫を開けて、麦茶をグラスにそそぐ。キッチンの出窓から風がはいってきて、レースのカーテンと前髪がゆれる。腰に手を当てて麦茶をのむ。プハ。夏は、つめたい麦茶にかぎります。麦茶を冷蔵庫に戻しつつ、なにか食べようかな、と思いたち、炊飯器のなかに保温されている白米を指さし確認する。白ごはん、よーし。冷蔵庫を開けて、ウインナーの、あのぱつぱつとした袋をとりだす。包丁の刃先で切れ目をいれて、やぶく。ふす、と音をたてて、いきなりくたびれる。

つめたいフライパンにウインナーと、すこしのお水（ウインナーが半分つかるくらい）を入れて、火にかける。しばらくすると、くつくつとちいさなあわがたってくるのでその様子をたのしむ。たのしみながら、ちょっところがす。やがて水が蒸発したら、そのまま焼いて、皮がやぶれないように気をつけながら、焼き目をつける。

これは、私がこの夏やすみに研究を重ねて見つけだした、ウインナーをいちばんおいしく焼く方法である。

保温された白米を茶碗にたんまりよそい、花柄のお皿にいちばんおいしく焼かれたウインナーをのせる。

前歯で皮をやぶると、口のなかで肉汁が爆ぜる。すかさず白米をかきこみ、麦茶で流し込む。うちではとくに急ぐことがなくとも、「急いで食べる」が鉄則なので、早食いがくせになっている。何分もたたないうちに白米も、ウインナーも、目の前から消えてしまう。

またもや空白ばかりの夏やすみが無限みたいに広がっている。

シンクに茶碗をさげて、冷凍庫からりんご味のチューペットをとり、はんぶんに割る。ひとつは冷凍庫にもどし、ひとつは口にくわえて、ソファーにとろりと寝ころがる。ちかよってきた猫の背を撫でながら、しゃりしゃりと食む。すごく、つめたい。
夕方六時には母が帰ってくる。
夜ごはんには、いちばんおいしいウインナーを焼いてあげよう。

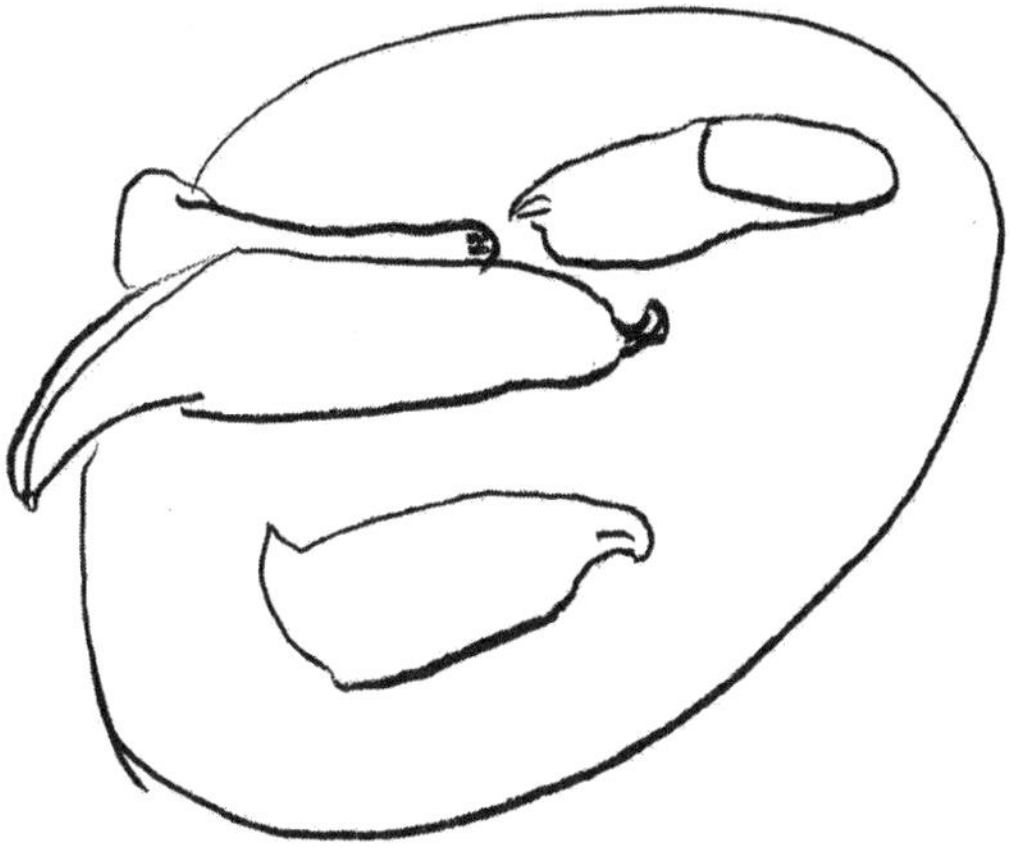

夏やすみ
ウインナー

火をつけて

マイナスかけるマイナスがプラスだということを知らなかった。

うちの親はどちらも大学を出ていなかったこともあり、大切なことは働きながら身につけるのだと教えられ育った。小学生になる頃には母と同じ職業である美容師になろうと思っていたので、こんなものは私の人生には関係がないのだと決めつけて、私はまったく勉強しなかった。

中学生になると、グレていたわけでもないのに、スクールバックの中身は毎日空っぽだった。教科書も、筆記用具も、体育着でさえ隣のクラスの人にその場しのぎに借りて、授業中はただぼうっとするか、眠っていた。だから学期末のテストにはめっぽうよわく、テストのための勉強というのはもちろんしないので、すべての教科がちんぷんかんぷんで、さんざんの結果であった。

中学三年生の始業式。通学路には桜が咲き満ちて、なんだか浮ついたこころもちで学校へ行くと、入っていた部活が廃部になったと聞かされた。顧問がもうやりたくないと言っているから、急に廃部になったのだった。

教室に戻った私ははんぶん自虐気味に、クラスの担任であった佐々木先生が顧問をしているバドミントン部にでも入ってみようかなと思って、聞いてみると「お前なんていらないよ」と言われた。

私はガーンときて、言葉を失い、一日中黙りこくって、下を向きながら家に帰り、自分の部屋の隅っこで電気もつけずにしくしく泣いた。そうやってひととおり泣いて、それからよろよろ立ち上がり、二階の自室を出て、階段を降り、リビングの扉を開けて、母の隣にすわり、「ドリル的なやつを買ってもらえないか」と言った。

母は「うん、いいよ」と言って、薄手のコートを羽織り、「行こうか」とすぐに私を本屋へ連れて行ってくれた。

いつも見ている漫画や雑誌の棚を通り過ぎて、奥にあった参考書のコーナーに行き、自分がいちばん簡単に思えたものを選んだ。五教科分を一気に買い揃えたので、けっこうな値段だったと思うけれど、母はなにも言わずに買ってくれた。

次の日から、スクールバッグには教科書とノート、筆記用具をつめて学校へ行った。授業もきちんと受けた。

家に帰ったら、その日の宿題を済ませてから、買ってもらったばかりの参考書をばらりとひらいて、ひとつひとつ問題を解いた。とてもむつかしかった。

冒頭に書いた、マイナスかけるマイナスの問題は、解答をみても、訳が分からなかった。私はたぶん解答が間違っているのだろうと疑っているうちにうとうとして、机につっぷした。

よだれをふきながら、からだを起こしたとき、はっとした。

なんかそういうこと、言ってた気がするぞ。

授業の断片をぼんやり思い出したのだ。

私はまるでじぶんが発明したみたいに興奮していた。

数学の先生が言っていた、あの衝撃のしんじつ。

マイナスかけるマイナスはプラス。

なんという、この世の中のおかしさ。うふ。なんでそんなことになるんだろう。そうだった。そうだった。そういうへんなことをあの先生は言っていた。マイナスかけるマイナスはプラス。数学も、先生もへんだねえ。しんじつはいつもへん、なんだねえ。そう思ったらやたら頭が冴えてきて、解けなかった問題を一気にぱあーと解いてしまった。わかるということがこんなにもさわやかなことだなんて、知らなかった。

私は目下の目標として、直近に予定されていた英語の単語テストで満点をとってみようと思った。人生ではじめて大真面目に暗記というものに取り組んだ。

そうすると、とれたのだ、満点が。これには職員室も大騒ぎになったらしい。そんなに騒ぐなんて、ヤンキーが捨て猫にミルクをあげるとそのギャップによって好感度が上がるのと同じかなと思っていたら、小原が満点をとるなんて明日は雹でも降るんじゃないかと、馬鹿にされていただけだった。

私は勉強をつづけた。すると一学期の期末テストで、学年で上から十番以内に入った。はじめてのことだった。今までは下から十番以内だったのだ。これには先生たちも本気で驚いて、私のことを褒めそやした。私のことを「いらない」と言った佐々木先生でさえ、すごいすごいと喜んだ。私はざまあみろと思って、すっかり満足し、また勉強に興味がなくなった。

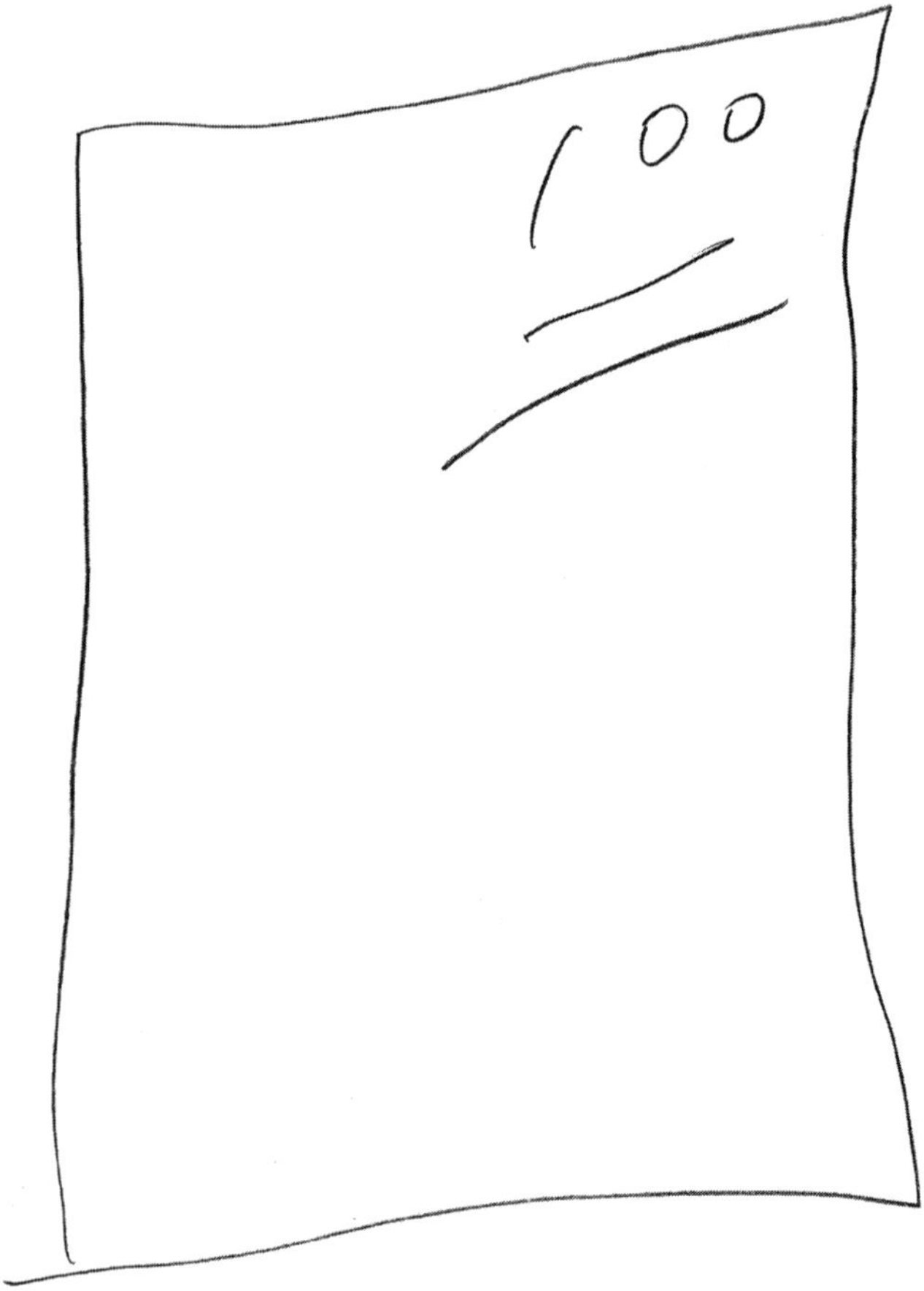

火をつけて

ストロー

母は健康に良いものが好きだ。

玉ねぎをすりつぶしたものを氷にしたり、なんにでもお酢を入れたり、青汁やにがりをぐいぐいのんだりする。私が子どもの頃は「あんたも試してみなさい」とよくすすめられたものだ。

私が高校生になったばかりの頃、母がトマトジュースを箱買いしてきた。

私はトマトジュースが苦手なので、母のすすめを断ったけれど、「肌が白くなるんだよ」「あんた色黒なんだからのみなさい」「ニキビもなくなるって」「痩せるって」とお風呂上がりの私にはげしくすすめてくる。なんでも、トマトジュースは眠る前にのむのがいちばん効くらしいのだ。

私は意を決して、トマトジュースをぐうっとのんでみると、うう、やっぱりだめだ。

舌の上をとおってゆくときの甘くもなく苦くもなく酸っぱくもない、へんな無味。のみ込んだあとの鼻から抜けるトマトの皮のようなにおいも嫌だ。

……さりとて、トマトジュースをのめば私の肌はぴかぴかになるわけでしょう。

思春期真っ只中である私は考えた。

そこで思いついたのが、ストロー作戦だった。それは、ストローを使って舌の上をできるだけ通らないようにしてトマトジュースをのみこんでしまえば、あのへんな無味を知らんぷりできるんじゃないのん、という作戦である。

私は母にストローをねだった。

翌夜、母はお風呂上がりの私を台所に手招いて、トマトジュースを手渡し、それからあまりつかわない調味料の入った棚のとびらを開けた。

そこには百本入りのストローがあった。

「おっ」と言う私に、しっ！　と母は唇に人差し指をあてた。

「いらないもの買ったのバレたらお父さんに怒られちゃうから、ひみつでのんで」

えっ、ひみつで？

ストローの百本入りって、たしかこれ、百円くらいじゃないの？

父は台所に集う私たちを背にして、黙ってテレビを見ている。母はすたすた歩いていって、父の隣に座り一緒にテレビを見はじめた。

私はしずかに混乱しながら、トマトジュースを握りしめている。言われた通り、私は調味料の棚からひみつのストローを物音をたてないように気をつけて取り出し、トマトジュース缶のプルタブをあけて、ストローをさし、父がこちらを振り返らないかどきどきしながら、しずかに、ゆっくり、吸い込んだ。それは私の思ったとおり、とてものみやすかった。作戦は成功だ。

でも、これ、ひみつにするほどのものかなあ。

無言でテレビを見ている父と母の背中を眺めながら、私はやっぱりふしぎに思った。

そうだ。ストローを買ってもらったのが父に見つかって、もしほんとうに怒られたら、私はあの切り札を出すしかない。

無駄遣いを許さない父が、自分のためだけにこっそり買いつづけているもの。冷凍のえびグラタンである。

金の微糖

その男は体育教諭のような風体をした英語教諭だった。
顔面はさながらいなり寿司のように地味だが、つやのあるかわいい男であった。
ある日、その男は日の差さない、しかしうるさい廊下に立って得意な顔で言った。
「この学校のだれよりも、君のことをわかっているつもりだよ」
女は、はにかんだ。
その刹那。チャイムが鳴り、みんながみんな教室の中へ入っていった。

女の名前は小原と言った。
小原は実に単純な女であった。
退屈な数学の授業中、小原は窓の外をぼんやりと眺めながら、この学校のだれよりも、君のことをわかっているつもりだよ、と心のなかでつぶやいた。小原の耳は赤かった。胸のあたりを中心として、どくどくきていた。高校三年の夏のことであった。

先生はまともな大人であった。

オトメとなった小原から「生きているかぎり可能性がゼロになることはありませんよね」などと持ちかけられても、ふっ。だの、はっ。だの言って、けんもほろろにかわしていた。

先生は毎朝、金の微糖という缶コーヒーをのんでいた。

小原はまだ缶コーヒーをのんだことがなかったので、それは無闇矢鱈とすてきなものに思えてたまらなかった。

ある日、小原のもとに風の噂がやってきた。

簿記の山田先生は元生徒と結婚したらしい。

山田先生は色黒のつるっ禿げだったので、みんなから煮卵と呼ばれていた。

へえ、煮卵が。

小原がそんな感想を持っていたとき、煮卵のもとにも小原の噂が届いたらしかった。簿記の授業が終わるころ、煮卵は小原に声をかけた。

「相談にのってあげようか」

小原と煮卵は仲が良いわけでもなんでもなかったので、小原はおどろいた。けれど乗りかけた船である。相談に乗ってもらうことにした。

放課後のパソコン室に、小原と煮卵は集まった。

どんなことを言われたことがあるかとか、どんなことをしたことがあるかとか、煮卵はそういうことをねほりはほり聞いた。

寡黙で冗談を嫌う授業中とはまるで違い、やだっ、なにそれっ、ええっ、と煮卵のリアクションはおおきく、ふたりできゃっきゃとはしゃいで話した。

「あきらめなさい」と言われることを小原は覚悟していたのに、「結構脈があるんじゃないか」と煮卵は言ったのだった。煮卵はまともな大人ではなかった。

煮卵からの助言を真に受けて、小原の恋はスピードをあげた。

季節は冬となった。それは、三年生があまり学校に通わなくなる日々がはじまる前日のことだった。

必ず提出しなければいけないプリントのことを、クラスでただひとり、小原は忘れていた。わざとではなかった。しかしそのおかげで、土曜日、高校の最寄駅で先生と待ち合わせて、そのプリントを手渡すことになった。

制服姿ではない私自身で先生に会えるというのは、来るべきときが来たのだと小原は思った。

つめたい風の吹きすさぶ、とても寒い日だった。

小原は大人っぽく見られようと、長くて重いコートを着ていった。

午前十一時に、改札前で待ち合わせである。

小原は午前十時十五分には改札前についていた。

先生はいったいどの電車で来るのだろうか。

午前十時四十分の電車だろうか。

四十六分の電車だろうか。

五十二分の電車だろうか。

十一時ぴったりの電車だろうか。

わからない。

しかし、真面目な先生のことだから、早め早めで来るかもしれない。

十時四十分。小原は自販機で、あたたかい金の微糖を買った。休日にわざわざ時間をつくってもらうことへの謝罪の品である。

時間は刻一刻と過ぎていく。

五十二分になっても先生はやってこなかった。

窓の外では雪が降りはじめた。

金の微糖はすっかり熱を失って、こんなものはもう渡せない。

小原はもうひとつ、金の微糖を買った。

ぬるくなった金の微糖は右のポケットに入れた。

先生は十一時ぴったりの電車でやってきた。

「おう、ありがとう」そう言って、先生はプリントとあたたかい金の微糖を受け取った。

「あの、このあとはどこに」小原はちいさな声で聞いた。

「学校に、行こうかと思ってるよ」

「学校の前までついて行ってもいいですか、家そっちなんで」

「もちろん」

天気予報を見る習慣がないため小原は傘を持っていなかった。

先生の傘に入れてもらい、すこし大つぶになった雪の中をふたりは並んで歩き出した。

おたがいまったくの無言であった。

もう学校についてしまう、というそのとき。

「待っていてもいいですか」

それが、小原の告白だった。

「それはだめだよね」

先生の吐いた息は、とても、白かった。

「では、あの、帰ります、私はこれで」

小原は先生の傘の下から飛び出し、踵を返した。

「はい、さようなら」

先生はいつもの元気な声で小原を送り出した。帰りの会のようだった。

小原は今きた道を歩いていた。親友のAとカラオケに行く約束をしているのだ。頭の上に、鼻の先に、重いコートの両肩に、雪がまとわりつくように降る。

小原は改札を通り抜け、ホームのベンチに座って電車を待った。

ああ、ふつうに振られるもんだな、と思いながら、両手をポケットに入れると右手に缶があたった。あ、これ。そう思いながらプルタブを開けて、ひとくちのんだ。甘い、甘いよこれ。なんだよ、こんな甘いもんのんで、あのひと、大人みたいな顔をして。

小原ははじめての缶コーヒーを一気にのみ干し、群青のゴミ箱へ捨てた。涙こそ流さなかったが、肩を振るわせ、そっと笑った。

兄のサービス

高校を卒業するすこし前、めずらしく兄から電話がかかってきた。何事かと思って、出てみると「おまえ、高校卒業するらしいじゃん。飯でも行くか」と誘われた。

一大事であった。兄が実家を出てからというもの、ご飯を食べに行くことはおろか、まともに話したこともなかったからである。私はなにか裏があるんじゃないかと疑いながら、ものは試しと兄の誘いを受けた。

兄は車で実家まで迎えにきた。助手席に乗り込むと、「俺もう飯食ったから、カラオケにしよう」とひとこと。私は飯だと聞いていたので腹をすかせていたが、ここでぶつぶつ言っても仕方がないので、なにも言わずにうなずいた。忘れていたけれど、兄はこういうやつなのだ。

家族でよく行っていたシダックスにつくと、兄はすぐに歌い出した。私が照れて、デンモクにさえ触れていないことにも気づかずに、どんどん自分が歌いたい曲を入れて、頭をぶんぶんふりながら歌っている。実の妹の前でこんなにノリノリになれる人間が兄の他にいるのだろうか。私は兄のことが羨ましくなった。

そうだ、私は兄のことがずっと羨ましかった。

昔から顔がよく、スポーツができて、兄のいるところには子どもも大人もみんな自然と集まって、よく笑って、よく笑わせて、上手に笑われて、みんな兄のことが大好きだった。私は兄の妹であるのに、ぶすで、足はおそく、泳げず、しゃべれず、暗く、みんな私に気を使っていた。歌えと言われても絶対に歌えなかった。

親戚のみんなも、両親も、兄のことを天才だとか、そこらへんの人とはちがうとか、そういうことを言った。そして、私には「君は努力型だから頑張りなさい」とかそういうことを言った。もしかすると、そんなことを言われたのは、たったの一回だけだったかも知れないけれど、幼ければ幼いほど、大人のいうことなのだから正しいのだと思い込み、かけられた言葉の呪縛から離れられなくなった。

そんな妹のきもちもつゆ知らず、兄は頭をふりすぎてテレビ画面の角に頭をぶつけている。あほだ。あほ兄貴め。
そんなあほ兄貴が「これは、お前のために歌います」と言って、入れたのは「親友《とも》よ」という湘南乃風の曲だった。

♪
負けるな　親友よ
待ってろ　親友よ
未だ見ぬ　親友よ
ビビッちまうぐらいに輝いてやれ　親友よ

という詞を、兄は、

♪
負けるな　妹～
待ってろ　妹～

未だ見ぬ　妹〜
ビビッちまうくらいに輝けよ　門限なし〜

と替え歌をした。

ああ、恥ずかしい、いやだ、すごくいやだ、酔ってんじゃないの、と思いながら、思っているのに、「ヤッタッ！　ヤッタッ！」と私は思いきり叫んでいた。

忘れていたけれど、ぜんぜんちがう人間だと思っていた兄だって、門限や、干渉や、束縛のある家庭で育ってきたのである。反発した兄、おとなしく（自己評価）過ごした妹、そのちがいはあれど、おなじ愛、おなじ理不尽を知っているのだ。よそのことはわからずに、うちのことだけ知っている。おなじふたりに名づけられた私たちなのである。

そのこころづよさに、やっぱりちょっとむかついて、すこしだけこぼした涙をおしぼりでぬぐい、兄にバレないように、ちいさく舌打ちをした。

おまつりはみんなのもの

蝉は鳴き止まず、外は蒸し風呂のようになって、私の肌が麩菓子のように染まると、笛や太鼓、コンチキの音が聞こえてくる夜があって「今日はお祭りか」と気づく。

それは町内会が主催しているお祭りで、お開きの時間になると子どもはみんな、おみやをもたせてもらえる。その中身といえば百円均一で買ってきたようなプラスチックのやわいおもちゃだったりするのだけれど、無料でもらえるものをもらわないのは損な気がして、子どもの頃は毎年行っていた。

何年か前の夏、中央線に揺られて実家に帰ると、あの祭りの音が聞こえてきた。そのなつかしさにほだされて、ちょっと覗いてみたくなり、私はひとり出かけた。

お祭り会場についてみると、やぐらを囲んでたのしそうに踊っているのは河童であった。河童たちはほんのり発光していた。緑色の提灯のようだった。

やぐらの上には太鼓を打つからだのおおきな河童と、「カッパ　きらきら　き〜らきらハッ」ときもちよさそうに裏声で歌っている河童がいる。

屋台もいくつかあり、長蛇の列ができている屋台はかき氷だった。それもブルーハワイ専門であるらしく、河童たちは青くなった舌を見せ合いゲラゲラと笑い合っていた。河童の舌はゾッとするほど深い青色に染まっていた。

あまり繁盛していないのは、きゅうりに割り箸をさして馬に見立てたあれの屋台。なすに割り箸をさして牛に見立てたあれの屋台は、白髪混じりの河童にはぼちぼち人気があるようだった。

私は夢中で観察していたのだけれど、一匹の河童が私の存在に気づいて「うわ！」と叫んで、こちらを指さした。河童たちが一斉に私を見る。食われる、と思って逃げようとしたけれど恐怖で腰を抜かして、尻もちをついたまま動けない。

しかし、河童たちは私に襲いかかることはなく、みな一斉に踊るのも食べるのもやめて「はあ」とちいさくため息をつき、帰りの支度をはじめた。

公園の出口では、一際《ひときわ》立派な甲羅を背負った河童が、「気をつけてね、また来年」と言いながら麻袋を大人にも子どもにも手渡していた。

河童たちは無言で一礼したり、親に「ありがとう」と言わされたりしながら受けとり、帰っていった。

やがて、すべての河童が帰ると、立派な甲羅の河童は私のほうに近づいてきて「あまっちゃったから、あげる」と言って麻袋をひとつくれた。

家に帰って開けてみると尻子玉、と印刷されたオレンジ色のスーパーボールが入っていた。

寮暮らし

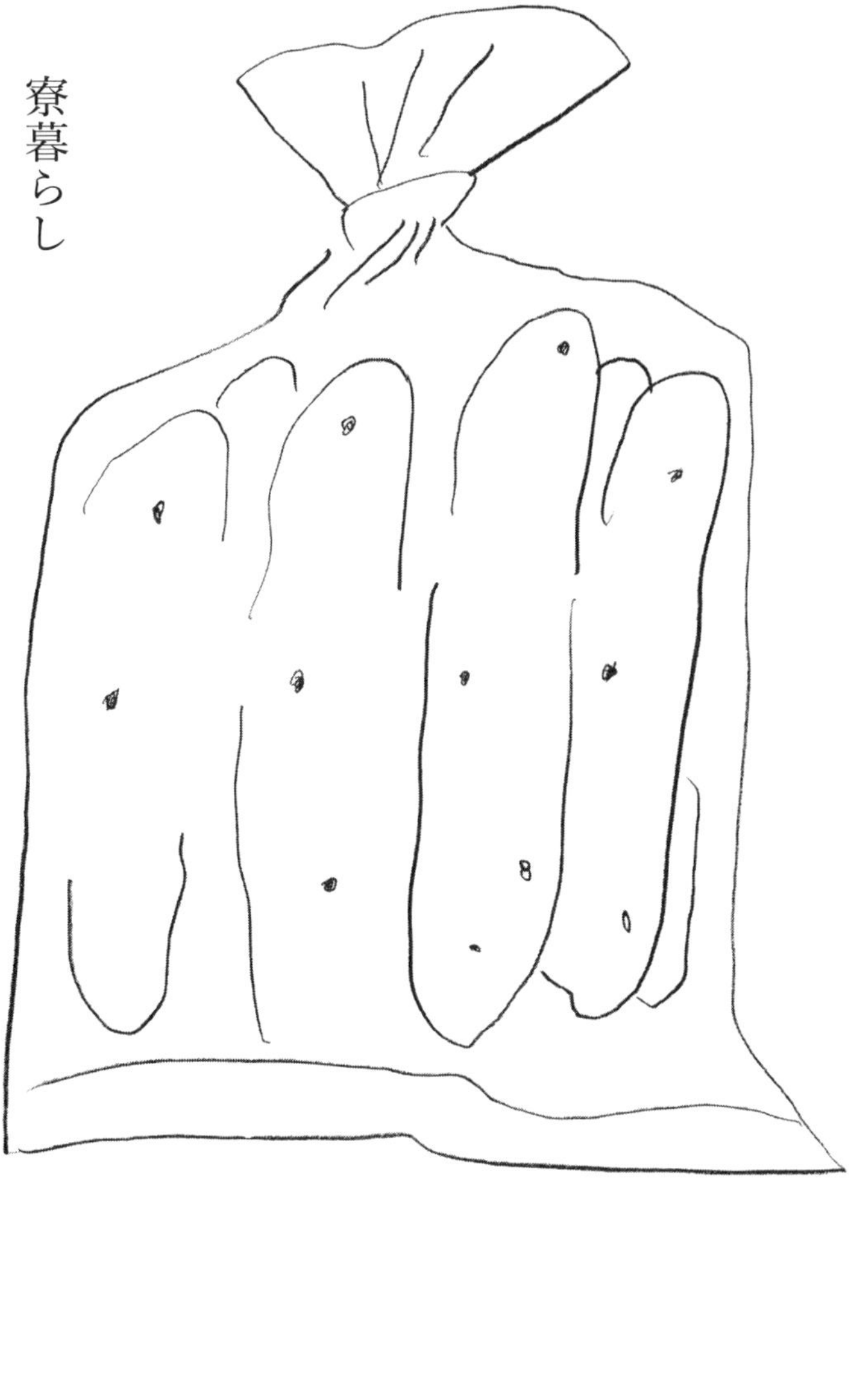

寮

春は近いか

結婚するまで実家から出てはいけません、と言われて育った。

しかし、私ははやく実家を出たかった。自由になりたかった。だれからもなにも言われない安心がほしかった。

一刻もはやく実家を出たい娘VS絶対に実家から出したくない母親は両者一歩も引かず、むんずとしたまま、冷戦状態であった。しかし、私が高校二年の春に「会社に寮がついているなら、実家から出ても良い」と母は突然言ったのだった。

私は母と同じ職業である美容師になろうとその頃には決めていたので、それはもう必死に、都心の（地元が八王子という東京の端のほうなので、都心に行かなければ寮の意味が無い）、寮付きの美容室を経営している会社をさがした。

すると、たったひとつだけ見つかったのだ。

お店は青山、寮は渋谷と書いてあるのをみて、うん、もうしぶんないな、と私は思った。

応募メールを送ると、面接の日が決まった。


面接当日。私は一張羅で最寄り駅に向かった。

駅で私を待っていたのはA。高校の同級生で、いちばん仲のいい友だちである。

Aは専門学校に進学する予定かつ、今日はふつうに授業のある日なのだけれど、ずる休んだのだ。「あんた銀座いくの？　私もいこうかな」とかなんとか言って。

橙色の中央線から、オレンジ色の銀座線に乗り換える頃には、緊張でぶるぶる震えて、一言も話さないのに、鼻息だけはふんがふんがと荒々しいので、Aが心配して、「大丈夫？」と聞いてくれるのだけれど、ちいさくうなずくことしかできない。

目的地である銀座駅に着いて、Aと別れ、面接時間まで、まだ20分以上あったので面接場所に指定されたビルの周りをぐるぐる回る。

時間になり、エレベーターを上がって、重い扉を押して入ると、黄金……？　見るとそこには黄金の世界が広がっていた。黄金色の美容室である。

壁に張り付いた龍はとぐろを巻いて、こちらをぎらっと睨みつけている。天井には黄金色のハサミのオブジェ（大人の男のひとひとりくらいのサイズ）がいくつも飾られている。なあんだ。ちゃんと美容室じゃないか。……だってハサミのオブジェだもの。

私は自分を納得させて、受付のおねえさんに面接を受けにきたことを伝えると、奥の部屋に入るよう言われた。

黄金色のドアを開けると、大男が立っていた。

ツンツンの金髪、広いおでこにおおきな四角いサングラス、分厚い胸板、ピチピチの半袖、むきむきの二の腕、腰から膝まではピチピチで、しかし膝から裾に向かって広がっているベルボトムに、超厚底のスニーカーを合わせて、純白の前歯を見せてきらきらと笑っている。

「よう来てくれたねえ」

大男の関西弁は、みぶるいするほどなめらかだった。

私はせいいっぱい頭を下げてから、履歴書を手渡した。

「はじめまして。代表のフクジンです。まずは、小原さん。美容師になりたいと思った理由を教えてください」

「はっ……母が……美、美ようす……美容師……です……でして……」

私は持ちうるすべての歯をがたがたいわせていた。

「うん、うん、うん。君が良い子なのはわかったから。まずは、腹から声を出しなさい」

大男が言うので、私は今すぐうわんうわんと泣き出したいようなこころもちを必死におさえて、しかしやっぱり声をふるわせながら話した。

大男はやさしく、しずかに、うなずきながら聞いてくれた。

「うん、君、合格」

唐突に合格は降ってきた。

受かった？

受かったのだ！

どうして？

しかし、よくわからなくとも、はじめてのことだからわからなくて当然かもしれない。

私はいきなり降ってきた幸運を抱きしめて、銀座駅で待っているAの元へ走って駆けてゆき「うがっだ！」と叫んだ。Aは小刻みにジャンプしながら手をあげてよろんでくれた。

春は近いと思われた。
ほんとうに？

かなしいゲストハウス

脱ぎ捨てられた靴で散乱した玄関を、先輩のスニーカーを踏みながら通り抜け、短い廊下を右に曲がると、まるでかなしいゲストハウスみたいに、二段ベッドがいくつも並んでいる。

昼日中であるにもかかわらず、光の一切は入らず、電気をつけるとオレンジ色の電球がぼんやりとつく。ついたが最後。激しいピンク色の壁紙が一面ひろがっている。その激しさに、瞳がやられて、涙が出そうである。

一角には代表の写真が飾られていて、黄金の額縁に入れられた代表は王様みたいに堂々としている。

私の部屋は一番手前に置かれた二段ベッドの上段で、ここに両親が買い与えてくれたニトリのスチールラックを一つ置き、おままごとみたいにささやかな机を一つ置き、シングルサイズの布団を一枚敷いている。二段ベッドは豹柄のカーテンで仕切られており、これによってプライバシーを保つことができる。ちいさな電球は柱に巻き付けてあるので、それをぱちっとつけると、バーくらいの明るさは手に入る。

これが私の城である。これが私の安心である。散乱していても、極端に狭くても、ピンクでも、豹柄でも、私の自由は、私のものとなったのだ。

はじめての休日に、私は自分の城にこもって、十本入りのチョコチップパンを、一本一本たいせつに頬張る。じぶんの未来についてあれこれ考えているうちに、ふにゃふにゃと眠ってしまう。ここには明日がある。あたらしい明日が。

絶望にさえあこがれていた。エイティーンブルース。

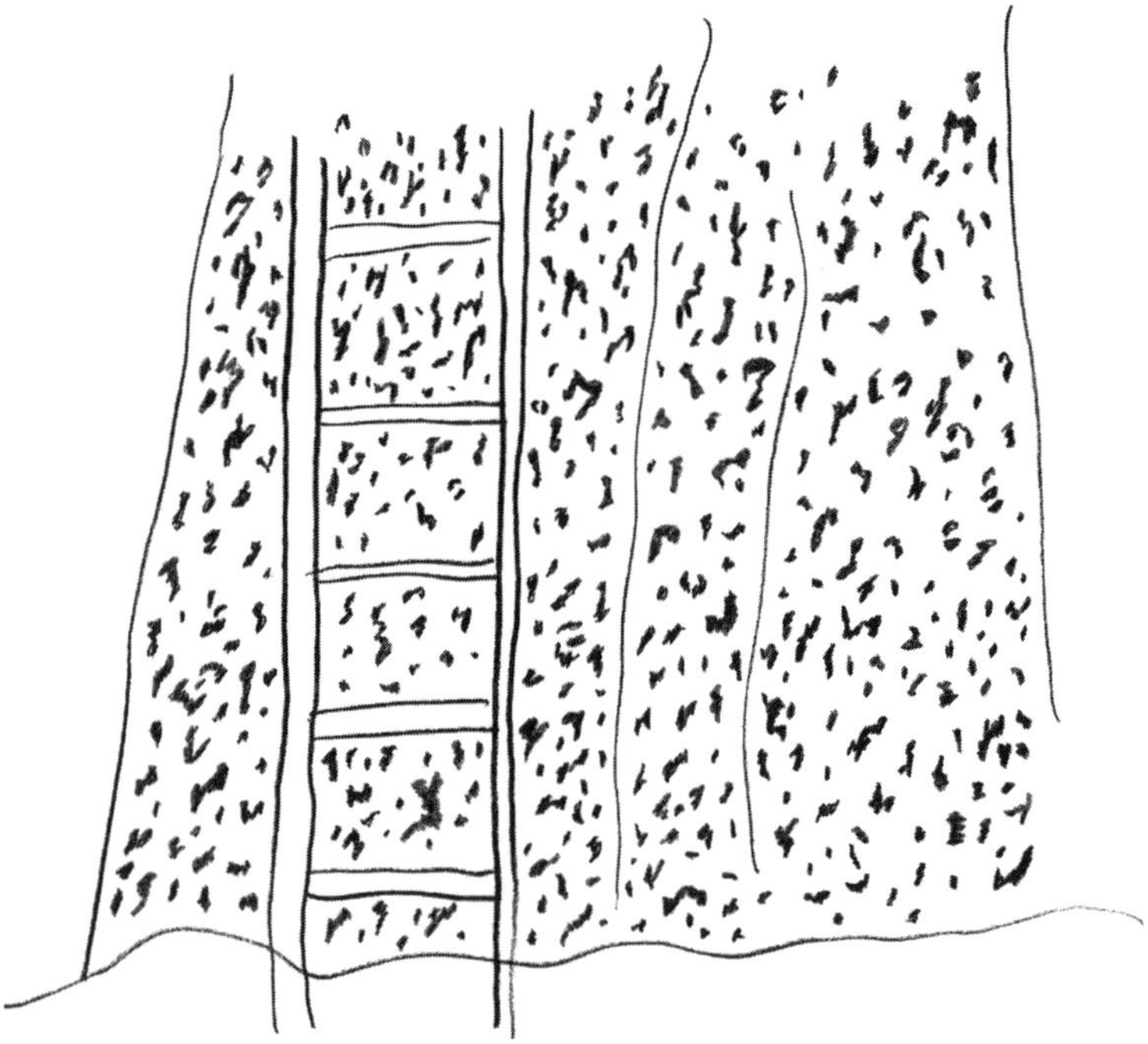

かなしいゲストハウス

はたらくにんげん

友だちと渋谷のバスケットボールストリートを歩いていると、マクドナルドの前あたりで男のひとに声をかけられる。飲み屋さがしてませんか。サービスしますよ。居酒屋のキャッチである。

私も友だちも目を合わせないようにして、素通りする。

そのとき、私の胸はきりきり痛む。似たようなことをしていたからである。

私の就職した美容室は、居酒屋やカラオケやガールズバーのように、街ゆくひとに声をかけ、いまからうちの店で髪を切らないか、と誘って、そのまま店に連れてゆくという、怪しい店だった。

はじめこそ、これは美容師の仕事なのかとなやんだものの、私は先輩にうまいことまるめこまれ、「目の前のことに一生懸命」という社訓を信じることにして、獅子奮迅、ハント（キャッチ行為のことをそう呼んでいた）に打ちこんだ。

それからというもの、私はめきめき成果を上げた。

一ヶ月に百人のお客を連れていく、店でいちばんのハンターになった（ハントで成果をあげる人間は、皆ハンターと呼ばれていたのである）（ふざけた話である）。

店は青山、渋谷、大阪に一店舗ずつあり、私は青山店でいちばんになったのだけれど、もちろん、渋谷にも店いちばんのハンターがいて、そのひとはカリスマのシンチと呼ばれていた。

青山店と渋谷店の合同練習会（アシスタントたちがシャンプーやカラーやパーマやカットなどの技術を練習する会）でこれまでも何回か、シンチさんとは顔を合わせていたのだけれど、目力がつよすぎるので避けていた。

しかし、此度、戦力強化をねらって、シンチさんにハントを習いに行くことになった。

どう習うのかというと、ハントをするシンチさんのうしろに立って、うなずきながら、なんとなくその場に参加して、ハントの技術を盗むのである。イメージとしては家を訪ねてくる宗教勧誘の二人組のような感じだ。

シンチさんはすごかった。おそろしいほど口がうまかった。なにを聞かれても、びしびしと自信たっぷりにしゃべる。獲物をねらうライオンみたいに、ぜったいに目をそらさない。男も女も立ちどまったが最後、シンチさんについていくほかないのである。そう思わざるを得ないほどの圧倒。私はこのとき、はじめて才能というものを目の当たりにした。このひとの本質は詐欺師である。

翌日、私は意気揚々とハントへ出かけた。しかし、いつものように、街ゆくひとに笑いかけ、足を止めてもらい、手短に挨拶と自己紹介をすまし、本筋を話し、説得を試みるのだけれどどうまくいかない。みんなふるふると首を横にふって、立ち去ってしまう。結局一日中、だれひとり店に連れて帰ることはできなかった。

営業終わり、私はバックヤードでチョコチップパンをかじりながら考えた。

それから気づいたのは、シンチさんと私はちがう質《たち》の人間なのじゃないか、ということだった。

シンチさんのハントは人をついてこさせるハントである。説得力のハントなのである。この人がこう言うなら、いますぐ髪を切らなければ、と思わせるハントなのである。

一方、私の普段のハントというのは、たのしさを大切にするハントであった。せっかくだし髪切っちゃおうかな、というノリを誘発させるハントなのである。

そういう私が、見様見真似で、びしびしとしゃべってしまうと、私にはシンチさんのような人間的説得力はないわけだから、軽薄さがぼろぼろこぼれてゆくだけなのである。つまり、シンチさんのものまねをしても、私のよさというものは活かされない。

それはふしぎなことだった。私は未熟者なのに、すでに内面的な私らしさを有しているということだ。たった十八年が、これまでの十八年が、私のなにを形作ったというのか。

しかし、私は私を活かしたほうが良いらしい。教わったことを、どうやって私なりに実践するかが重要なのだ。はたらくことは、学ぶことである。

自転車が

みんな自転車通勤なのに、寮には自転車置き場がなかった。

一体どうしているのか寮長に聞いてみると、「寮の前に適当にとめておけ」と言われるので、そういうものですか、と私はあっさり了承して、先輩たちの自転車の近くにとめていた。

ある朝寮を出ると、私の自転車が消えていた。

どこを見渡してもない、ないのである。

しかしいますぐ仕事に行かなければ遅刻してしまうから自転車のことはあとで考えることにして、私は走って仕事へ行った。

あわただしい労働の一日は過ぎて、あっという間に夜になる。

営業がおわり、夜の練習をはじめるまえに、十本入りのチョコチップパンを頬張っているとき、私は消えた自転車のことを思い出した。

隣でスープ春雨をすすっている寮長に、消えたんです、と言ってみると、「やられたね」とひとこと言って、またすぐにちゅるちゅると春雨を吸い込んだ。

やられた、とはやはり窃盗かなにかなのかと思いながら、じっと寮長を見つめると、「うまいことやらなきゃさ」と言って、また春雨を吸い込み、喉につまらせ、けほけほ咳き込んでいる。

話を詳しく聞いてみると、私の自転車は盗まれたのではなく、撤去されたらしかった。でも、寮長も、私の近くに自転車をとめていたはずなのに、寮長は今日も自転車に乗ってやってきた。そのへんを問い詰めると、「わたしはうまいことやってんの」と言う。うまいことって、なんだろう。

参宮橋。私の自転車はそこにいた。

改札を出て、ちいさな坂を上がり、大通りを左に曲がるとそこはある。西参道自転車集積所である。事務所らしき扉を開けると、蛍光灯のあかりの下、うぐいす色の帽子をかぶった猫背のちいさなおじいさんに挨拶される。渡された紙に個人情報を書き、五千円を支払うと、私の自転車のもとまで案内し、小言のひとつも言わずに返してくれる。私はおじいさんにお礼を言って、自転車にまたがり、渋谷の寮まで帰った。

どうして自転車置き場がないのだろう。

これでは一生撤去されてしまう。

そう寮長に伝えてみても、「うまいことやれない女ね」「あんた要領も、勘もわるいの?」と悪口ばかり言われるので、そのうちに寮長に聞くことはあきらめて、撤去されては参宮橋までとりにいくことを七回ほど繰り返した。三回目を過ぎたあたりで、いつものおじいさんは「大変なんだねえ」と同情してくれるようになった。

しかし、あたりまえのことだけれど、おじいさんは行政のひとなので、まけてくれる訳はなく、毎度きっちり五千円を支払うしかないので支払う。ちっ。くやしい。しかし仕方がない。だって私がわるいのだ。うまいことやれないのだから。

寮長の言っていた、うまいことやる、というのは一体なんだったのか。

私はいまでもそのトリックは解けないままでいる。

けれど、寮長はギャンブルがすきなひとだったから、今日は撤去隊がきそうだとか、安全だとか、そういう勘を働かせながら、ほんとうにうまいことやっていたのかもしれない。

うまいことやれるのなら、後輩にも教えてくれりゃあよかったのに。

それより私とサボりませんか

一日中ハントばかりしていると、次第に飽きてくるので、サボるようになる。

はじめはだれにも声をかけずに、まるで教頭先生のように後ろ手を組みながら、街をゆっくりと歩いて過ごしていたのだけれど、だんだんとそれだけではものたりなくなって、流行っていないカフェに入ってレモネードを啜ったり、本屋でずっと冷房にあたったり、日陰でうたた寝するようになった。

しかし困ったことに私はいちばん下っ端なので、サボっているのが先輩にバレるとすごく怒られるのだ。

せっかくサボっているというのに、もしもバレたら……と思うと、びくびくして、複雑な味のレモネードも一瞬でのみきってしまうし、本のタイトルは頭に入ってこないし、やわらかい風が吹いているのに寝入れない。

だから、私は先輩と一緒にサボりたかった。

なぜなら先輩とサボるとどういうわけか会社公認みたいな錯覚がうまれて、心底サボり時間をたのしむことができるからである。

ときには、ファッション好きの先輩を捕まえて、「いやはや、いつかはあーゆうところに入ってみたいものですけれど、私のようなじゃがいもが入ったらもう、なんだかこう、嫌な顔をされるんじゃないかとふあんで、ふあんで」と言ってみる。

すると先輩は「では行ってみるか」と言って、私をいろんなショップへ連れてゆき、この時期のデザイナーがどうの、これはこういう歴史がどうのと、教えてくれる。アンダーカバーもマルジェラもエヌハリウッドもドリスヴァンノッテンもイッセイミヤケもソロイストもすべて先輩が教えてくれたのだ。

ときには、世話焼きの先輩の前でため息をひとつこぼしてみる。すると、先輩はお気に入りのサボり場に私を連れてゆき、甘くてつめたい缶コーヒーをごちそうしてくれて、ゆっくり話を聞いてくれる。あの黄昏の、先輩の雑なあいづちを私は忘れない。

「私はサボってなんかいませんよ」「サボること、人にあらず」という真っ当な表情でみんな店から出ていくけれど、めいめいサボっているという事実。私はその事実が好きだった。結局は、誰も彼もサボっているのだ。

ちょうど昨晩、「サボるな」と鬼の形相で私を怒鳴りつけた先輩が、（もちろん仕事中に）しずかなカフェのオープンテラスでうれしそうにハーブティーをのんでいるのを見かけたときは、夢の中かと思った。ウフフ。

風呂場と町田さん

寮のシャワーはしゃらりーしゃらりーとよわよわしく流れて、全身を濡らすまですごく時間がかかる。それに加えて、足元にはどんどん水がたまってくる。古いマンションだから、配管がつまっているのである。

水位はどんどん上がってくる。すこし泡がたっていて、きもちがわるい。くるぶしのあたりまできて、これ以上は廊下に水が漏れ出すというぎりぎりのところで、シャワーをとめて、水位が下がるのを待ち、またからだの泡を流す。

毎日、風呂の時間は憂鬱である。

この憂鬱に、町田さんが立ち上がった。

町田さんは渋谷店で働いている、私の唯一の同期である。

仲が良いわけではないけれど、まともな休みもなく、眠る時間も充分にとれず、先輩にはむやみやたらと怒られて、極端に狭い空間で声をひそめて暮らし、毎晩汚れのたまった水に足をつけているのだから、同志ではある。

町田さんは貴重な休日を使って、風呂場をすみずみまで掃除し、あらゆるものをパイプに流し込んで、よくよく放置してから流した。

もうこの風呂場はだめなんだ、こういうものなんだ、と私は、はなからあきらめきっていたのに、おそろしい行動力である。町田さんの情熱に、私はこころうごかされた。見習おうと思った。

古いなりにぴかぴかになった風呂場の水通りはいくらかましになり、町田さんは女子寮のヒーローになった。やり遂げたのだ。おめでとう。そしてなにより、ありがとう。立ち向かえば、流れは変えることができるのだ。

あくる日。水位はぐんぐんくるぶしへ迫り、垢の浮いた白い水が足の甲を覆った。

町田さんは発狂し、涙を流していた。

翌朝、町田さんは自分の部屋（私の向かいの二段ベッドの下段）に「東京の水が合いません」と書いたメモを残して、姿を消した。

煮物をつくる

小さな台所でぐつぐつとやる
夜な夜な　小さなオレンジ色の灯りの下で
なに　むずかしいことはない
めんつゆ一本あればいい
鍋を火にかけて
豚やだいこん、鳥、ちくわぶ、厚揚げなんかをほうりこみ
ぐつぐつ　ぐつぐつ　ぐつぐつとやる
すべてのものの　セピアにかわり
ほっこほっこと湯気がでる
つまり　お醤油は発明ね

棚からみっつ、タッパーをとりだして
おたまでゆらゆらわけ入れる
ときどき　こぼす
こぼしたら　ふく
さびれた炊飯器をあければ
炊きたての米がある
ふんわふんわと湯気がまう
あち　あち　と言いながら
ラップにくるむ
おにぎりのお山ができる

なにか食べたいものはありますか
煮物やな
また煮物でいいんですか
すきやからね

目もつぶらずに
おもいだす
うつらうつらで
やりとげる
粗熱をとる
ねむり
むさぼる

微熱

このまま倒れることができたら楽なのにと思ってひとり夜道をばたんばたんと倒れてみたことがある。真夏、真夜中のことである。ばたん、ばたん、ばたん、ばたん、ばたん。五回ほど倒れたところでやめた。だれも助けにきてくれないし（だってだれも周りにいないことを確認してから倒れているのだし）車がきたら必死で逃げるのだろうし。

アスファルトから起き上がり、膝についた小石をはらって、歩きだすと、ちょろんと鼻からなにかが出た。ポケットティッシュで拭いてみると、あおっぱなであった。鼻血ならまだしも、あおっぱなとはあほらしい。

寮に帰ってすこし眠ると朝が来て、微かにからだが熱《ほて》っているのを感じたが無視する。ぐったりとしたからだをおこして、店まで自転車を漕ぎ、掃除し、朝練習をし、朝礼をし、営業がはじまる。私の仕事は外に出て人に声をかけることなので、外でじりじりとうなじをやかれているうちに一日がおわる。

営業おわり、シンチさんから電話があって、渋谷の俺流塩らーめんに呼び出された。シンチさんはかなり目がおおきいので、ラーメン屋のちいさなテーブルで向かい合うと、目に食われそうな感じがあり、びくびくとする。

しかしそんなことよりも、九月某日からの二週間、私は大阪の姉妹店への出張が決まったらしい。

なんでもそれはシンチさんも昔通った道であり、カリスマハンターになるための修行の一環だという。

「期待されているのだから頑張りなさい」と言われて、私はおとなしくうなずいた。

俺流塩らーめんはいろんな食べ方ができるように岩のりや、とろろこんぶなどさまざまなちょい足しがテーブルに置かれている。

いろんなものを入れて、じゃんじゃん味変をたのしむシンチさんを見つめながら、ワタシハコレカラカリスマハンターヲメザスノデスカ、と胸のなかでせつなくつぶやいたら、なんだかおかしくて、腹の底がふつふつとして、とにかくご飯を食べなくちゃというきもちになって、私は必死に麺をすすった。俺流塩らーめんは最初から最後までなにも入れずに、食べきるのが私流である。

微熱

大阪出張日記

九月某日（水）

陽炎のなか、スーパーのレジ袋を下げて、並んで歩く。君の家に向かって。夜のごはんをつくってあげる、とはりきっている君はめずらしく、私はうれしく、元気がでるような、冷や汗がでるようなこころもち。

家に帰って、手を洗うと、石鹸が指にしみる。シャンプーが合わないのか、薬剤が合わないのかわからないけれど、手荒れがひどく、顔もろくに洗えない。涙がでてくる。君は台所から飛んできて、二人羽織のように、両手を貸して、私の化粧を落としてくれる。みるみる素顔になって、ほっとして、泣きやめる。君は台所に急いで戻り、野菜をお醤油で炒めている。つくってるとこ、見んでええから。と言って、私はリビングへ追いやられる。お醤油の焼けたにおいが鼻へ鼻へとやってきて、いい気分。これなら食べれるやろ、と言って真っ白のお皿の上に盛られた、たっぷりとした焼うどんはかがやいている。

九月某日（木）
ゴツゴツと深夜バスに揺られて大阪へ向かう。
鼻みずが止まらない。
冷房おそろし。
みのむしのようにタオルケットにくるまり眠る。

九月某日（金）

二週間の大阪出張がはじまった。宿は大阪の女子寮である。

朝六時ごろ。景色ばかりがよくて、なにもないところに降りた。

ここがどこなのかもわからないし、どこに行けばいいかも判断がつかず、とりあえずロータリーをくだった。

それから知らない街を歩き、待ち合わせの時間まで暇をつぶした。

指定された駅まで行くと、大阪店の店長が立っていた。やさしいワニのような顔をして、朝なのにピチピチのスキニージーンズをはいている。

女子寮のピンポンを押すと、きれいな女のひとがでた。

リンカさんという大阪店で唯一の女性スタッフである。

「ここ、私しか住んでないから。あっちが小原さんの部屋。うるさくしないでね」

つめたいひとである。

しかし、ここは東京の寮よりもよっぽど広くて清潔である。

この部屋を独り占めとはうらやましい。

お腹は減っていなかったけれど、チョコチップパンをかじった。

鼻みずのせいで鼻が機能しないので、あんまり味がしなかった。

女子寮の隣の部屋が男子寮で、男子寮には店長がひとりで住んでいる。店長がひとりだけ住んでいる寮ってなんなのだろう。そして猫を一匹飼っているらしい。

初日なので、店長とお店へ向かうのだが、リンカさんも一緒である。リンカさんは一言も喋らない。どこか不機嫌である。私が彼女の日常を邪魔しているせいだろうか。ふん。

私だって来たくて来たわけじゃない。

お店につくと、すぐに朝礼がはじまり、皆さんに挨拶をする。

いざ外へ出ようとすると、スタイリストのオカダさんとオオウオさんに誘われて裏路地へ。オカダさんは山羊によく似ていて、オオウオさんはマレーバクによく似ている。

ふたりの喫煙タイムに付き合ってからハントへゆく。

大阪での二週間、ノルマは50人である。

適当に心斎橋や難波のあたりをふらふら歩いて、声をかける。話してみると、全員が全員、関西弁でびっくりする。次第に慣れて、何人か連れていく。そのうち、警備員に声をかけられた。君あかんで、キャッチ禁止やから。そ、そうなんですか、すみません。私は謝って、店に帰り、その旨を伝えると、そんなん無視してええから、と言われる。そんなはずはない、そんなはずはないと思いながら、言い返せるほどのつよいきもちもなく、私はまた大阪の街にリリースされた。

あと45人。

九月某日（土）

寮を出ると、店長とリンカさんが、自転車の二人乗りでお店へ走っていた。青春映画のように、横に足を放り出して、軽々運ばれるリンカさん。店の長が、一従業員を後ろに乗せて走ることなどあるのだろうか、ないだろう。

私は喫煙中のオカダさんとオオウオさんにちょっと聞いてみた。すると、「いやあ、なんか付き合ってないらしいんだけどね」「そうは言ってるけどね」と気まずそうである。社内恋愛というものが、なかなかむずかしいことだというのは、私もわかっているので、これ以上の深追いはしない。

今日は大阪店のカリスマハンターであるエイさんの後ろについて勉強させてもらった。エイさんは気温が三十度を超えても革ジャンを着ている。暑くないのか、どうなのか、と思っても聞いたら怒られそうでぜったいに聞けない。というか暑いに決まっている。エイさんのハントは、高圧的で恐ろしい。凄みはあるが、思いやりがない。と、えらそうなことを言ってみる。こわいひとはきらいだ。

あと43人。

九月某日（日）

今日もばかみたいにハントアンドハントアンドハントアンドハントアンドモア。むらむらと暑かった。私はアシスタント業しかできないので（つまり、髪を切る技術がまだないので）ハントが成功すると、どのスタイリストにお願いするのかを私が決めなければならない。だれに頼むのか、というのは、私にとっては非常におおきな問題である。自分の連れていったお客さんを雑に扱われてはかなわないのである。反対に、お客さんを満足させるのがうまいスタイリストには、こちらもハントのしがいがあるってなもんである。

ハントしたお客さんと一緒にお店へ入ったら、お客さんにスタイリストを紹介し、カウンセリング（どんな髪型にしたいのかなどを話す）に私も参加して、私がシャンプーし、スタイリストの元へ送り出して、私はまた外へ出るという流れである。

初日からうすうす気づいていたのだけれど、私はウオさん（オオウオさんのことはみんなウオさんと呼ぶので、私もウオさんと呼びはじめた）に頼むのが気に入っている。ウオさんはハントが苦手でさぼってばかりいるので、会社からの評価はあんまりだけれど、従業員はみんなウオさんのことが好きなのは見ていればわかる。私もすぐにウオさんのことが大好きになった。

「こんにちは。大きい魚と書いて、オオウオといいます。おじいちゃんの代までずっと漁師の家系だったんですけど、親父は電気屋になって、僕は美容師になりました。自由にやってます。よろしくお願いします」とウオさんは毎回お客さんに自己紹介をするのだけれど、みんなくすっと笑うので、私もうれしいのだ。

明日の休日は、大阪のカリスマことエイさんと、大阪のマレーバクことウオさんが大阪観光に連れて行ってくれることになった。午前十一時からである。

あと37人。

九月某日(月)

曇り。昨日とはうって変わって、すこし肌さむいのでカーディガンを羽織っていった。集合すると、「なにしたいん」と聞かれたので「たこ焼きが食べたいです」と伝えた。まずは天王寺動物園へ行ってふらふらと動物を見る。三人ともそこまで動物に興味がないようでただただふらふらした。マレーバクはいなかった。残念である。

お昼にはお好み焼きを食べて、出来立てほやほやのあべのハルカスへ向かった。途中、エイさんに「ここうまいぞ」とたこ焼きをすすめられたけれど、まだお腹がいっぱいだったのでそう伝えると「おおう、偉そうやのう」とちょっと怒られる。ふざけているのか、ほんとうに怒っているのか、わからなくて黙ってしまう。

三人で、あべのハルカスの展望台までのぼる。展望台のチケットが結構高いことに、ふたりはぶつぶつ言っている。展望台までのぼると、ふたりが「元取らなあかん」というので、積極的にみんなで盛り上がる。

夜ご飯はウオさんのすすめで、串家物語という串カツの食べ放題へ行く。

「小原、大阪はな、串カツやで」とうれしそうに話して、串カツをパクパク食べる短パンのウオさん。

「そうっすかね」と今日も革ジャンのエイさん。

ウオさんの方が二年先輩なのである。

帰りは小雨に降られた。

ふたりのおかげで大阪を堪能した。

私になにかしてやる筋などないのに、ありがとうございました。

九月某日（火）
夏日。今日も一日中ハント。話しかけ、了承を得て、連れていったお客さんと階段をのぼっている最中、振り向くと、私の背中へ中指を立てていた。
あと34人。

九月某日（水）

いきなり秋になった。

カーディガンを羽織ったくらいではまだまださむいので、ジーユーで服を買う。

店の向かいにあるはなまるうどんで塩豚おろしぶっかけあったかいの小を食べる。まったく味がしなくて、すこしのこした。

あと30人。

九月某日（木）
おなかがいたくて、ゾンビのような顔色で、街ゆく人に話しかける。
どんなひとに、どんなときに、どんなことを言うのか。いつの間にか、からだに染みついていたようで、なにを言っているのかじぶんでは全くわからないのに、あたりまえみたいに人がついてくる。大人のみなさん、知らないひとについていってはいけません。
あと25人。

九月某日（金）
上からも、下からも、おろおろとしたものが出るようになった。
あと19人。

九月某日（土）
病院へ行ってもいいですか。と店長へ言ってみたら、皺の深いワニの顔になり、勝手にしなさいと言い腐った。土曜日だったので、すこし遠くの病院へタクシーで行った。どうにか入院したいと祈っていたけれど、医者の判断で点滴だけ打って、二時間ほど熟睡し、お店へ戻った。
あと18人。

九月某日（日）

ハントへ出ると「小原ちょっと」と、ウオさんに呼ばれ、人けのないちいさな公園まで一緒に歩いた。ここがウオさんのサボり場だろうか。

「あとどんくらい」「あと一週間くらいですかね」「ほうか」「はい」「もうノルマのことは考えるんはやめて、あと一週間、大阪観光やと思ってぶらぶらしいや」「でも」「でもちゃうねん。俺もなあ、東京に修行いけ言われて、出張行ったことあんねん。真冬のベランダに締め出されたことは今でもトラウマやなあ」「え、そんなことが」「そうやで」「大阪観光かあ」「大阪観光や」

そう言われても、では大阪観光ということにして、とりあえずぶらぶらとしていようとは思えなかった。それでも、ウオさんがこうしてわざわざ声をかけてくれること、見ていてくれること、心配してくれることがうれしくて、ありがたかった。

私たちは一時間ほど話して、一旦お店へ帰った。

その様子をエイさんが目撃していた。

営業後、私はエイさんにつめられた。キスの距離まで近づいてきたエイさんは「お前ふざけてんなら死ね」と唾ごと叫んで、でるわでるわの罵詈雑言である。私はひらあやまりしながら、もうこんなところはやめようと心に決めた。床に唾を吐き捨ててエイさんがでていく。それから店長がやってきて、なにがあったのかと話を聞かれる。怒られすぎて、朦朧としている私に「お前、やめないよな?」と念押しのように聞かれたので「やめます」と答えると、店長はバックヤードから出て、エイさんにちくりに行った。エイさんは怒り心頭で戻ってきて「おんまえやめるってどういうことや」と、またもや怒鳴られる。怒りすぎて、エイさんの頭のてっぺんからは湯気が出ていた。「はい、やめません」と言ったら、やっと解放された。

ひとりになりたいと思って外へ出ると、いつもの裏路地で、ウオさんが煙草を吸っていた。「おう小原、なんかいろいろあったらしいな、どないしたん」

私は返答になっていないのだけれど「あの、やめます」と言ったらウオさんは「そうかそうか」と深く二回うなずいて、「俺もやめよかな」とぴっかり笑い、煙草を消して、店へ帰っていった。ひとり残された私は、きもちが落ちつくまで、ぼうっとすわっていた。そろそろ帰る準備でもしようと思ってお店に入ると、ウオさんとエイさんが胸ぐらを掴み合っていた。「なんであいつに言うねん、俺に言ったらええやろ」とウオさん。「なんでサボらすんすか、ウオさんになにがわかるんすか」とエイさん。「お前は弱いもんの気持ちがわからんねん」とウオさん。

ウオさんが怒っているのも、エイさんが泣きそうな顔をしているのも、はじめて見た。

お店を出ようとすると、リンカさんに「夜ご飯でも行かない?」と誘われた。突然の誘いに、おどろいたけれど、ここで断ると、やめようとしているのがばれるかもしれないと思ったので、行くことにした。リンカさんは真っ暗なパスタ屋さんにて、ボロネーゼをごちそうしてくれた。「別にやめてもいいんじゃない」「そんな真面目にならず、人生は適当にやったらいいよ」「でもやめるときは、一応教えてね」「あたらしい靴、店長に買ってもらったの」そういうことを言っていた。ボロネーゼはすぐにおろおろとしたものとなり、上からも下からもでた。

九月某日(月)

あれから二時間ばかり眠って、朝が来た。私はしずしずと荷物をまとめ、電車に乗り、新幹線のチケットを買った。やがて出勤時間になり、電話が鳴り止まなくなった。ウオさんからの着信も入っていた。けれどいまだけは無視しなければ、東京に帰れない。私は携帯の電源を切って、新幹線に乗っている二時間半ずっと車窓から流れる景色を見ていた。
東京についたので、携帯の電源をつけ、渋谷のカリスマシンチさんに連絡する。
明日、十五時に渋谷のルノアールでまちあわせることになった。

寮には帰らず、浜田山の君の家へ帰った。君が寮を出て、あたらしく家を借りてから、私はときどき、この家で暮らしている。大阪から急に帰ってきた私に君は怒らない。特段、話を聞くこともしない。とにかく眠ろう、眠ろうと平たい布団に誘ってばかりである。まだ二十時だよ。

九月某日（火）
渋谷は残暑。ルノアールへいくと、喫煙席で煙草をふかして待っているシンチさん。
私はオレンジジュースを頼み、細いストローですぐにのみ干した。
それから、褒められたり、けなされたり、励まされたりしながら、ひきとめられる。それが四時間ほど。シンチさんは追加を頼まないし、お水のおかわりもこないので、喉が渇いて仕方がなかった。サービスのあたたかいお茶が届いたあたりで、シンチさんはつ

いに折れて、私がやめることを了承した。けれど、

「ひとつ、どうしても、これだけは」と聞いてきたのは、君のことであった。

「小原は長野さんと付き合ってるでしょう、それだけは認めてくれ」

「長野さんと俺の間に、これからも嘘が残るのがほんとうに嫌なんだよ」

たしかにシンチさんと君はすごく仲が良い。しかし、私はほんとうのことを言うわけにはいかないのだ。君が、ふたりの関係のことはまわりに言わないと、頑なに決めていたからである。

それにシンチさんがそのことを執拗に聞くのは、あのふたりの関係をはっきりさせろと会社のだれかに言われているからじゃないのか。

これだけはゆずるまいとシンチさんはひかない。私も言えない。するとシンチさんは最後の手段とばかりに「明日、もう一度時間をくれないか。小原と長野さんと俺の三人で話そう」と重たい声。ではそうしましょう、と私は了承してルノアールを出た。

家に帰って、今日のことを話すと、君は頭を抱えていた。

「これだけは約束してくれ。何を言われても、何があっても、付き合ってることは認めんでくれ」

「嘘っていうのは、一度ついたら、つきとおさなあかんねん」

九月某日（水）

十七時になっても、まだまだ明るい九月の終わり。

渋谷店の入っているビルの螺旋階段にて、三人が集まる。

風がびゅうびゅう吹いて、喋ると髪の毛が口の中に入ること入ること。

「もう小原がやめるのは分かったんすけど、それはいいんすけど、でも、その前にふたりのことは認めて欲しいんすよ」とシンチさん。「いや、ほんまに付き合ってないで」と君は言う。そんなのでは逃してもらえないことは重々承知であろう。そもそもあのふたりは仲が良すぎる、怪しい、と噂になっていたのに加えて、真夜中に私と君が腕を組んで歩いているところを目撃されているのだから、白旗で決まっているのに、なんと頑固に嘘をつく君なのだろう。

それからはいろんな方向から、つめられる君、嘘をつきつづける君。

「なんで認めてくれないんすかァ！　俺はっ、俺はっ、俺はっ、ながさんとの間に嘘があるのがァっ、嫌なだけなんすよおおお」とうとう泣き出すシンチさん。そうだ。このひとは心の底から君を慕っているだけなのだ。

「あのな、ほんまに、付き合ってへんねん、ほんまやねん」ちいさい声でそう言って、君もついには、泣き出した。

風はびゅうびゅう吹き荒れて、ふたりとも涙をぽとぽと落として、背中を丸めて、嗚咽している。泣いているふたりはまぶしくて嘘ばっかりで、私もどうしてたまらなくなりむせび泣く。


そして私は仕事をやめた。

付き合っていることは最後まで認めなかった。

ふたり暮らし

ふたり暮らし　過日

過日

ここからあの街まで一時間もかからないことに気づいて、散歩がてら行ってみることにした。

浅く雨が降っているけれど、傘をさすほどじゃない。

車がぶんぶん横を通り過ぎて、なんだか遠いところに来たような、まるであの頃の私は今の私とは全くちがう人間とでも言いたいような午後である。

あの頃、繰り返し聴いていたYUKIの2人のストーリーをイヤホンから流す。

四六時中そばにいるだけでは満たされないふしぎや、仕事帰りに近くで待ち合わせて一緒に帰ることのうれしさ、怒られたときの逃げ場のなさを思い出す。

しばらく歩くと、一本の商店街にさしあたった。

あの街である。駅前の商店街、顔ぶれは変わっていない。

まだ洗濯機を買う前、へんてこな名前のついたコインランドリーで洗濯機をまわした。まわしている間に、仕事に向かう彼を改札まで見送り、コインランドリーに戻ると、私の下着を盗んでいる男と目があった。あれは晩夏のことだったけれど、全身が凍るような感じがして、同時に汗もぶわっとふきでて、しかも当時はお金がなさすぎて、下着屋の福袋（ひとつ五百円）でパンツ10個入りというものを買ったばかりであり、普段は神に誓って選ばないような豹柄の細い下着を泥棒が盗んでいったのも、ちがうんです、ちがうんです、というきもちになり、恥ずかしかった。電話すると、急いで飛んできた彼のおかしな顔も、思い出す。


商店街を進んでいくと、ふたりでいつも寄ったスーパーがある。

あの頃、私は彼に太っていることをいつも怒られていた。私はごくふつうの健康的な体重であるというのに、すごく怒られていたのだ。むちゃくちゃな話である。

「太っていると服が似合わないからやせろ」だの「太っているのだからデニムははかないほうがいい」だの言われていた。やせている女のひとが好きな、服好きのひとだったのだ。あの頃の私は、彼の意見を鵜呑みにして、からだに悪いダイエットばかりを繰り返した。

彼自身は、かりかりとやせっぽっちで、身長がたかく、たしかに服がよく似合っていた。少食というわけではなくて、ご飯はしっかり食べるし、お酒は一滴ものまないけれど、お菓子をたくさん食べるひとだった。体質や骨格というものを、あの日の私は呪っていた。

彼はそのスーパーで「よりどり二点で二九〇円」シールの貼られたお菓子を買うことを一日のたのしみにしていて、ルマンド、エリーゼ、クランキービスケットなどを主に買っていた。

私は普段お菓子をあまり食べないほうだったけれど、彼と一緒に食べているうちにお菓子を食べるくせがついてしまい、より体重を増やした。(やせろ、とは言うけれど、食うな、とは言わないひとだったのだ)

彼はたしかにやせている女のひとが好きだったけれど、たぶん、ほんとうは、彼は、彼のためにやせようとする私を見て、やっと彼へのきもちを確かめていたのだ。そう私が気がついたのはいつだったろうか。

だれかのためにやせる必要など、いかなる理由があろうとも、ぜったいにないのだと、私が気がついたのはいつだったろうか。

スーパーを通り過ぎ、あのアパートへまっすぐ歩く。

五時のチャイムが聞こえる。

小学生たちは走り出す、主婦たちは買い物袋を提げて、若者たちは手持ち無沙汰に、みんな家へ帰っていく。

赤い焼肉屋の横を通り過ぎると、たちまち住宅街になる。

つつじのにおいが鼻をかすめる。

それから二十秒歩いたところに、幽霊みたいにあらわれるボロアパート。

一階の真ん中の部屋である。

扉を開けるとあの日のふたりが薄い布団の上でまるまっている。せっかくの休みだというのに、部屋から出ないで夕方までたらたらと眠っている。

近くの中学校から陸上部やサッカー部の声が聞こえる。

そのはつらつとした声と射す夕日に起こされて、ふたりはむっつり目をあけた。なにやらもぞもぞちいさな声で話し、男の冗談に、女はうれしそうに笑っている。

やっと家を出たと思うと、すぐ近くのTSUTAYAへ向かったようだった。

TSUTAYAで借りるのは決まってキムタクが主演のドラマである。男はキムタクのファンなのだ。今日はラブジェネレーションを借りたようだった。女は「キムタク主演のドラマなら、ミスターブレインが見たいのに」とつねづね思っているが、言い出せない。

帰り道、腕をくみ、燃えるような空の下を、男の鼻歌に合わせて女が歌う。

「なんで邪魔すんねん」と怒られている。

ふたり暮らし

結婚体験

恋人の地元へ越してきた。ここは大阪。

恋人の家はきれいな一軒家で、おおきな冷蔵庫があり、ドラム式洗濯機があり、ダイソンがあり、たっぷりとした湯船がある。私ひとりの生活能力では今後一生を考えても手に入ることのない贅沢な暮らしがここにはある。

恋人の家族はずっとこの街に住んでいて、近所の喫茶店は恋人のおじいちゃんの行きつけで、スーパーマーケットに行くと休日のお父さんと出くわすことしばしばである。

表札には彼の苗字と私の苗字が入っていて、ここまでくると居候とは言わないのかもしれない、という気がしてくる。私はふわふわとしたきもちでここまでやってきたのだ。それなのに、こんなに堂々書いてもらっていいのだろうか。

近所のおばさまや子どもたちにご挨拶へ行くと「あら、奥さん？」と聞かれる。私は一瞬フリーズして、彼は「まだなんです」と答える。私は彼のうしろに隠れながら頭を下げる。

ふたり暮らしの日常は、たとえばこんな一日である。

恋人よりも一時間くらいはやく起きる。それからインスタントコーヒーをいれて、ソファーにもたれる。読みかけの本をめくることもあるし、ネットフリックスやユーチューブをながめていることもある。そうこうしていると、寝癖姿の恋人が起きてきて「寝すぎたなあ」というようなことをもぞもぞと言う。

私も彼も決まった時間に決まったところへいく仕事ではないので、ぐうたらが生活の基本姿勢である。

朝ご飯をどうする？　パン食べる？

彼はうなずく。

甘いのにする？　しょっぱいの？

しょっぱいの。

私は食パンにチーズとウィンナーを斜め切りしたものをならべて、トースターで焼く。

このパンは、父が私によくつくってくれたもので、私はこのパンがだいすきだった。

彼にできたてのトーストを届けるのだけれど、テレビにうつる大谷翔平さんのホームランに夢中でなかなか食べはじめない。彼はできたてに執着がないのだ。

あんまりにも食べはじめないものだから、食べないの？　とつい聞くと「俺、猫舌やから」というのだけれど、食べものには、いちばんおいしい温度があるような気がするのは私だけだろうか。私なんか野菜から食べたほうが健康によいと、どれだけ根気づよく教えられても、とんかつ定食の主役はなんといっても揚げたてのとんかつなのだから、意地でもキャベツを後回しにしてしまう。でも、誰もがあつあつで食べたいわけではないものね。

朝食を食べ終わると、私は寝室にある作業机に座り、事務作業や書くことをはじめる。彼も自分の部屋に行き仕事をはじめる。

ときどきベランダで煙草を吸うために彼は寝室までやってきて（寝室にはベランダがあるので）すこし喋り、作業に戻る。

時間はすこんと過ぎてゆく。

お腹がすいてくると、今度は私が彼の部屋に行き、夜ごはんは何時にする？　と彼の腹の減り具合を確認する。

冷蔵庫には業務スーパーで買いためたものものがあるので、なにかしらつくる。私は色気のない料理が好きなので、豚しゃぶレタスとか、バーモントのカレーライスとか、茄子の豚肉巻きとかそういう茶色のものばかりをつくる。

作業が佳境を迎えていたり、とにかく休みたかったり、締め切り前で頭がぎりぎりしていると料理どころではなくなっているので、そういうときはコンビニのお弁当を食べることもあるし、出前をとることもある。

夜ごはんができると、下の階から恋人を呼ぶ。

野球の時期は野球を見ながら夜ごはんを食べる。

いままでの人生で私は自らスポーツをテレビで見ようとしたことは一度もなかったのだけれど、彼の趣味はスポーツ観戦なので、毎日見ている（私はごはんを食べながら血を見るのは苦手なので、ごはん中のボクシング観戦だけはやめてもらっている）。

そのあとはお風呂に入るか、また作業に戻るかする。

基本的には同じ時間にベッドに入る。

うまく眠りにつけないと、「顎の下を掻いて」と恋人にたのんで、顎の下を掻いてもらう。恋人は深爪なので、とてもやさしい掻きごこちなんである。しあわせってなんでもないものなんだなあ、と思いながら私は眠りにつく。

もともと私の結婚への興味関心というのは、好きなひとから、永遠に一緒にいたいと思っているという意思（結婚してください）がかたち（指輪）になって、目の前にわっとあらわれたとき、自分はどんなきもちになるのだろうという、そういう好奇心であり、その後の生活というのは、シンデレラが王子様と結ばれたところで物語が終わってしまうように、べつだん、考えたことがなかった。

その後、人生いろいろあって、結婚はおろか、恋愛なども、もうだめだ、むりだ、おそろしい、ひとりで生きていきたいと願うようになったのだけれど、やっぱり人生はいろいろであり、いまの恋人に出会ったわけだけれど、こうして、家があり、家電があり、家族に紹介しあって、有難い生活を得てもなお、私はやっぱり、結婚のことがよくわからない。

大阪に引っ越してくる前は、もしかすると一緒に住んだりしたら、すごく自然に結婚したくなるものなのかしら、と思っていたのだけれど、結婚わからん、まじわからん、というきもちは日々つのり、しかしこれは、もちろん相手になにかが不足しているとかそういうわけではなく、そして、私になにかが不足しているわけでもない。結婚してやっと一人前だなんて、いつの話をしているんだという感じであるものね。

そもそもプロポーズされる前提だったのも、いま考えればよくわからない。プロポーズは誰がしたっていいのだし。

二十五歳を超えると、結婚に関する話題が急に増えて、親、親戚、女友達と顔を合わせれば、あんた結婚どうするの、とかそういう話に必ずなるのだけれど、私はそのたびに結婚ってなんだろう。夫婦ってなんだろう。と考え込んでしまって、うーん、なんだかおそろしい、と思ってしまう。

きっと見つめるだけではわからないものなのだろうけど。

でも、こうして腹をだして眠っている恋人を見ていると、なんだかなつかしいきもちにくるまれるのも、またこれどうしてなのだろう。

結婚体験
あごの下をかく

生きたくなるセット

ときどき、すごくやる気がなくなる。

そういうときは「生きたくなるセット」をためしてみる。


御堂筋線に乗って千里中央駅で降りる。

無数に立ち並ぶ駅ビルグルメを横目に、ニューアストリアという喫茶店の前でたちどまる。平日の十五時ぐらいに行けば、並ばずに入ることができるだろう。

こぢんまりとした喫茶店の中で、初老の男性たちが白いポロシャツに、おそろいのデニム生地のエプロンをつけ、心地よいリズムで働いている。

丸い頭に丸い眼鏡をかけたひと、黒髪に銀縁の眼鏡をかけた紺色ベストのひと、第一ボタンを開けた姿勢のよいひと、きれいな白髪頭にカーキ色のベストを着たひとなど、みなさん個性が光っているのもよい。

和気藹々《わきあいあい》、という雰囲気でもない。

たんたんと、調子よく、あたりまえの労働を、きもちよくやっている。

そこにあるのはプロの迫力ではなく、労働の健やかさだ。

注文するのはカツサンドA（野菜入り）とミックスジュース。

こんがりトーストされた薄切りの食パンに、上から、あざやかなレタス、きれいに並んだトマト、たっぷりの甘いたまねぎ、揚げたてのヒレカツである。

ひとくちサイズに切られたサンドが、崩れてしまわないように、つまようじをすーとさす。右手でつまようじをつまみ、左手で下をささえ、口まで運ぶ。

もちろんひとくちで、頬張るように食べるべきであると私は思う。

やわらかなヒレカツからじゅわーっと肉汁が溢れて、たまねぎはほどよく食感をのこし、トマトは後味をさっぱりさせて、噛むほどに感動が押し寄せる。

落ちついてきたところで、ミックスジュースをきゅっとのむと、桃やりんご、バナナ、牛乳の味わいが私をほろほろとろけさせる。

もし天国があるならば、こういう健やかでささやかな場所がいい。

お代を払い、生きたくなるセットを完成させにいく。

大阪モノレールに乗って万博記念公園駅へ向かう。

万博公園は民俗学博物館や、サイクルボート、日本庭園などたくさんのおもしろいものに溢れているが、それらには目もくれず、私は太陽の塔のできるだけ近くへいく。

そして見上げる。ちょっと拝む。

それから周りをすこし歩いて、いろんな角度から太陽の塔をじっと見つめる。

その間、心のなかは無である。からっぽ、というのとは違くて、心には無が満ちていて、それ以外はもう入る隙間がないという感じである。誰の顔も浮かばない。無からは感謝も懺悔も生まれない。無とは命である、ということを急に思うのだけれど、それがどういう意味なんだかすぐにわからなくなる。気がつけば、夜になっていて、私は生きたくなっている。

メトロノーム喉

かち、かち、かち、かち。

お風呂上がり、走った直後、お酒をたらふくのんだとき、胸がどきどきしているとき。くちびるをひらくと、そういう音が喉の奥のほうから聞こえる。まるでメトロノームのように規則正しいリズムで。

かち、かち、かち、かち。

……この音はなんだ、と気づいたのは高校生のときである。

無性に気になって、一年に一回、学校へやってくる心臓の音をきく医者に、これはなにかの病気ですかと聞いてみると、「いやあ、そんなへんな音しませんよ」と苦笑いされた。

しかし、この音に気づいた人間がたったひとりだけいる。

いまの恋人である。

かち、かち、かち、かち。

「え、なんか、時計？　時計の音すんねんけど、なに？　こわっ」

「わ、わたしの音」

そう言って、喉の奥から鳴っている、かち、かち、かち、かち、という音を確認してもらうと、「うわっうわっ」とおどろいていた。

もしかして、私のこの音は、ほんとうの恋人にしか聞こえない音なんじゃないか。

かち、かち、かち、かち。

もしも、おまえが、わたくしの、ほんとうのこいびとだというのなら、聞こえるでしょう、この音が。ほら、耳をすませて。

かち、かち、かち、かち。

うわっうわっ。

お散歩

恋人がどこかへ行っているとき、ひとりで散歩に出かける。

けれど、これがあんまりたのしくないのである。散歩は唯一の趣味なのに。


この街は恋人の思い出で埋め尽くされている。

たとえば前の恋も、その前の前の恋だって、この街あたりでおこなわれているのだ。

あの角にも、そのゆるいカーブにも、あの駐車場にも、あのコンビニにも、淡くてふわふわした産毛のようなものが舞っている。失った恋はいつまでも淡いのだから。

歩いていると、そういうことをつい考えてしまって、くらくらしてくる。

勢いあまって泣いたりする。

恋人を攻めたいようなきもちにもなる。

そんな人間はいけない。

思い出はただの思い出であって、いまは私の恋人なのだから。

思い出よりも、たったいまが大切なのはあきらかだ。

そうだ。

いまだ。

頭ではわかっていても、くるしくなってくる。

くらくらくらくらしてしまう。

だって人間は思い出でできている。

彼をいまの彼にしたのは、いままでの恋たちである。

昔の恋が彼に教えてくれたたくさんのことは、私との関係に影響を与えているに決まっている。

ああ、私が好きになった彼は、思い出ありきの彼なのだ!

そういうことをいうくせに、私は昔の恋のことをエッセイに書いたりする。

人にされて嫌なことはしない、というのは道徳の基礎基本であるというのに。

みんなみんな思い出を抱きしめて、思い出に生かされたり殺されそうになったりしながら、なんやかんやで生きている。そうわかるのに、私だって、彼だって、そうなのだとわかるのに、自分勝手におそろしいのだ。自分のほうが劣っているという、むごい現実を目の当たりにしたら、きっと私はばらばらになってしまう。

いいや、ほんとうにそうだろうか。どうだろう。わからない。そんなことはない、かもしれない、という気もしてくる。

なぜならば人間は皆、それぞれの山をのぼっているからである。

似たような山に見えても、細部まできちんと見れば、それは誰ともまったくちがう自分だけの山を、それぞれが好きにのぼっているのだということがわかる。山頂をめざしたりせず、ピクニックやバードウォッチングをたのしんでいるひとだっているだろう。

つまり人間の価値というものは比べようがないのである。

劣っていることも勝っていることも、ありえない。ひとりひとりがとくべつなんだ。

しかし、そんなことはひとつも意味をなさないのが恋愛ではないか。だからいやなんだ。そういう退屈な励ましを心のうちにもっていないと、やっぱりばらばらこわれてしまう。

だって、恋って反射でしょう。内ももで蚊が血を吸っていたら叩くでしょう。蚊のいのちなんて、家族なんて、使命なんて考えるすきなく、叩いて叩いて叩くでしょう。恋は、私にとってそういうものとよく似ているから、考えもなしにぐずぐず泣いたり、うるさくつめよってしまうのだ。

たらふくロマンス

今晩は、昨日のカレーの残りがあるのでそれを食べる予定だ。

それなのに、突然ラーメンが食べたくなって困った。

ちょっと恋人に言ってみようかな、とも思うけれど、時計の針は夜九時をさしている。

恋人は夜出掛けるのが好きじゃないのだ。

私はきもちが顔に出てしまう質なので、なんだか落ちつきのない顔をしているな、と恋人は気づいて「どないしたん」と聞かれる。

「いやあ、うーん、二日目のカレーはおいしいしね。べつにぜったい今日とかそういうわけじゃないんだけど」と散々もごもご言ったあと、結局、「あの、私、実はラーメンが食べたくて」と告白してしまう。

すると、「やったらラーメン食べいこか」と恋人が言うので、私はたちまちうれしくなって「いいの？　ほんとうに？　いやじゃない？　あなたも食べたい？　めんどうくさくない？　いいのいいの？」と聞きたてる。

私たちはすこし遠くのラーメン屋に目星をつけた。
炎昼にこもった車内の熱を逃すため、すべての窓をあけ放ち、車は走りだす。ハンドルをにぎる恋人の横で、私はとっておきの微笑を披露する。恋人の反応は、とくにない。やわらかく湿った風が頬をなでる。冷房のとげとげした風が肩をさす。窓を閉め、恋人はキャップを後ろにかぶりなおし、落日飛車のSummum Bonumをかける。夜の国道はすいていて、すしづめの電車を横目に、ふたりきり、なめらかに走る。川をひとつこえる。フロントガラス越しに見える遠くの街はきらきらとして、なんだかぼうっとしてしまう。ああ、おなかがすいた。

くたびれたのれんをくぐると、カウンターが広がっていて、白髪を束ねている背筋の伸びたおじいさんと、たれ目の若者のふたりでやっているらしい。
他のお客は大概が仕事おわりのサラリーマンで、みんなだまって麺をすすっている。

中華そばをふたつ頼み、私は瓶ビールをちびちびのみながら待つ。恋人は車を運転しているし、そもそも下戸なのでお酒は一切のまない。

たれ目の若者はなんだか後ろのほうでずっともたもたとして、おじいさんはいらいらとして、なんども怒鳴りつけている。

湯気の立つそれはシンプルを極めた中華そばで、海苔があり、太いメンマがあり、炙られた焼豚があり、黄金に光るスープがあり、ちぢれた黄色の麺がある。

怒鳴り声を聞きながらたべるラーメンはどんなラーメンでも、さしひくとまずい。

私たちは無言のまま、麺をすすり、そそくさと店を出た。

なんか怒ってたね、怒ってたよね、そのわりには、そのこだわりのわりには、ふつうだったよね、さしひくとまずいよね、と話しながら歩く。

私はもう一杯くらい食べれるなあと思いながら、お腹をさすって歩いていると、ふと恋人が「もう一軒いく?」と言った。

えっ、と思う。君、少食なのに。大丈夫なの。食べれるの。ていうか、なにそれ。そんなのありなの。ラーメン屋をはしごする恋人って、ラーメンを二杯食べるロマンスって、ありなの、とあわあわしながら、私の胸には確実なときめきが、荒波のようにざぶんざぶんと押し寄せていた。それから、すこし歩いたところにあった二軒目のラーメン屋で、二杯めの中華そばと二本めの瓶ビールを余すことなくたいらげ、たぷんたぷんの腹ほこらしく、家路についた。

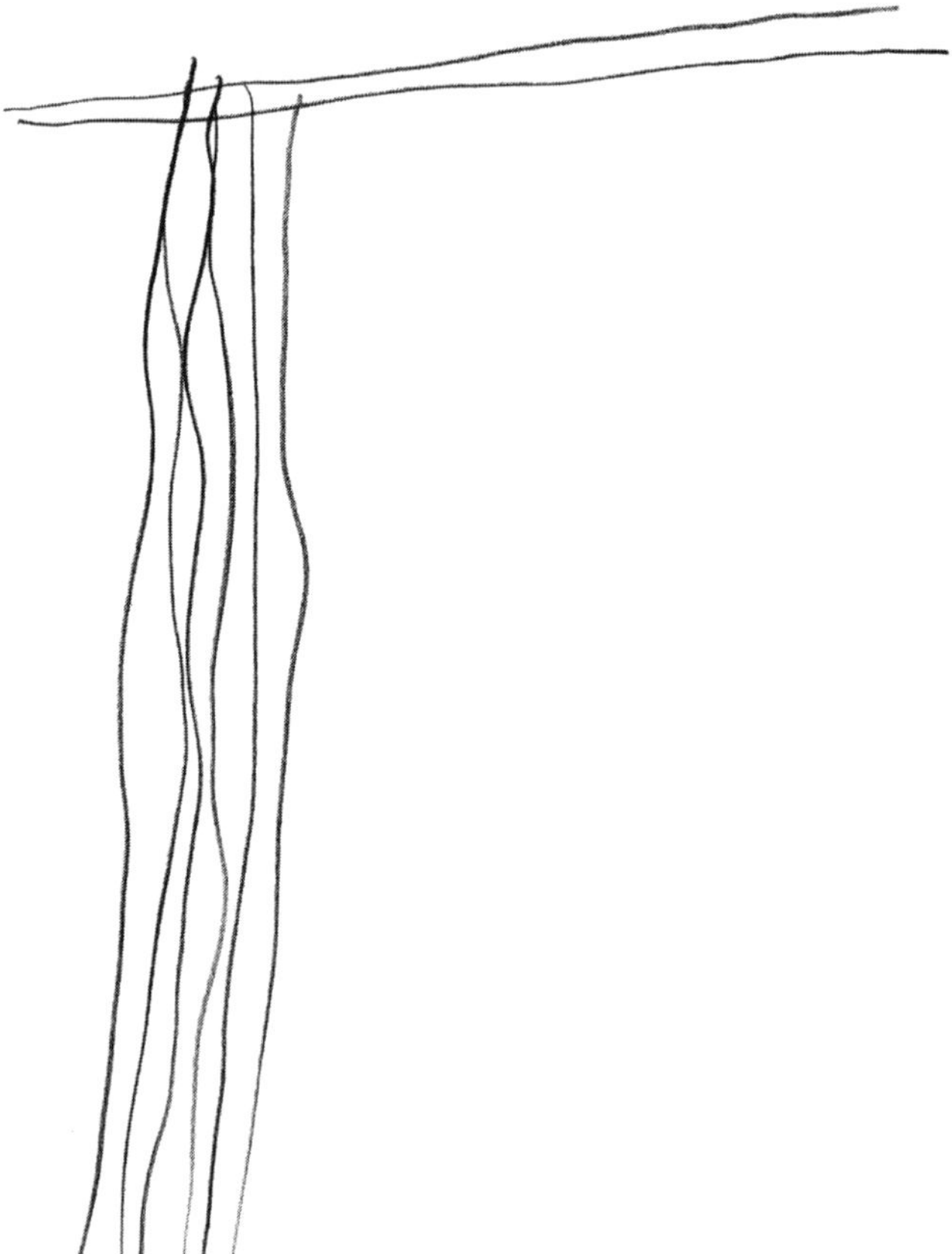

たらふくロマンス

ラーメン

あとがき

家族と暮らした頃があり、寮をのぞんだ春があり、ひとりで暮らした部屋があり、ふたりで踊った夜があり、三人で食べたマスカットのタルトがあります。

みんなのパジャマ姿が、私はいちばん好きでした。

二〇二三年　喫茶店にて　小原晩

小原 晩（おばらばん）
一九九六年、東京生まれ。
二〇二二年、自費出版にて
『ここで唐揚げ弁当を
食べないでください』を刊行。

原稿を書くときは
いつもアイスコーヒーと
カルピスを用意します。
白いものと黒いもの、
甘いものと苦いものがあると
なんとなく落ちつきます。

これが生活《せいかつ》なのかしらん

二〇二三年十月 五 日 第一刷発行
二〇二四年五月二五日 第四刷発行

著者 小原《おばら》 晩《ばん》

発行者 佐藤 靖
発行所 大和《だいわ》書房
東京都文京区関口一-三三-四
TEL 〇三-三二〇三-四五一一

画 安藤 智
デザイン 藤田裕美
校正 円水社
本文印刷 厚徳社
カバー印刷 歩プロセス
製本 小泉製本

NexTone PB000054173号
 ISBN978-4-479-39412-9
乱丁・落丁本はお取り替えします https://www.daiwashobo.co.jp/